Das Buch

»Tief einschneidende Veränderungen überlasse ich gern dem Schicksal. Das tägliche Leben selbst in bekannter, wohlvertrauter Umgebung ist aufregend genug.« Die wohlvertraute Umgebung, von der Isabella Nadolny spricht, ist Seeham und das kleine Holzhaus der Familie, das den Lesern des Romans ›Ein Baum wächst übers Dach‹ gut bekannt ist. Einen kleinen Einblick in dieses tägliche Leben gibt das vorliegende ›Seehamer Tagebuch‹. Heiter-ironisch erzählt die Autorin viele kleine Begebenheiten und Erlebnisse – vom Einzug des ersten Fernsehers in die ländliche Idylle bis zu einer Kreuzfahrt im Mittelmeer. Es ist ein unkonventionelles Tagebuch, in dem jede noch so alltägliche Notiz ihren Stellenwert hat.

Die Autorin

Isabella Nadolny, am 26. Mai 1917 in München geboren, heiratete 1941 den Schriftsteller Burkhard Nadolny. Seit 1951 schrieb sie selbst Feuilletons, die 1958 unter dem Titel ›Liebenswertes an Männern‹ erschienen sind. Weitere Bücher folgten, u. a. ›Ein Baum wächst übers Dach‹ (1959), ›Vergangen wie ein Rauch‹ (1964) und ›Providence und zurück‹ (1988). Heute ist sie vorwiegend als Übersetzerin tätig.

Isabella Nadolny:
Seehamer Tagebuch

Deutscher
Taschenbuch
Verlag

Dieses Buch liegt auch im Normaldruck als Band 1665
im Deutschen Taschenbuch Verlag vor.

Von Isabella Nadolny sind außerdem erschienen:
Ein Baum wächst übers Dach (1531)
Vergangen wie ein Rauch (10133)
Durch fremde Fenster (11159)

Ungekürzte Ausgabe
August 1986
2. Auflage September 1990
Deutscher Taschenbuch Verlag GmbH & Co. KG,
München
© 1962 Paul List Verlag KG, München
ISBN 3-471-78211-7
Umschlaggestaltung: Celestino Piatti
Gesamtherstellung: C. H. Beck'sche Buchdruckerei,
Nördlingen
Printed in Germany · ISBN 3-423-02580-8

3. Mai

Wer schreibt schon Tagebuch? Kluge Männer schreiben die Gedanken auf, die ihnen bei diesem und jenem kommen und setzen ein Datum darüber. Frauen haben gar keine Zeit, Tagebuch zu führen. Ich wage kaum zu gestehen, daß ich es noch tue. Es ist, als gäbe ich zu, noch an den Nikolaus zu glauben. Vor vielen Jahrzehnten hat Mama mir ein Tagebuch geschenkt, es war blau mit goldenen Adern und Goldschnitt. Als das weiße glatte Papier (besonders die rechten Seiten) mich zu sehr lockte, setzte ich mich ernsthaft hin und beschrieb einen Ausflug – es war in Schweden – zu einem See mit roten Seerosen (das rot wurde unterstrichen). Es wurde ein fürchterlicher Schulaufsatz. Fein auf und dick ab steht da zu Beginn: »Mein Onkel besaß ein reizendes Jagdhaus.« (Warum in der Vergangenheitsform? Weiß der Himmel!) Mir gefiel es selber nicht. Aber mein Leben schien mir so eintönig, so langweilig, was sollte man nur in ein Tagebuch schreiben. Um etwas Abwechslung in das Tagebuch zu bringen, schrieb ich daheim in München meine Eindrücke über den neuen Deutschlehrer wenigstens in Spiegelschrift hinein, das gab dem Notieren etwas Geheimnisvolles. Später tauchte ich meine neue Hansi-Feder ins eigene Blut (wieder mal das Knie aufgeschlagen!) und schrieb ein Gedicht von Lenau hinein. Die Schrift wurde gräßlich irisierend grün mit den Jahren.

Endlich setzten tägliche Notizen im Telegrammstil ein. »Sonntag, den 14. April. Mittags Nudelsuppe.« Da steht es. Und einer meiner ersten Verehrer, der auf meinem Schreibtisch gestöbert hatte, während ich meine Handschuhe suchte, um mit ihm in den Englischen Garten zu gehen, fand es und lachte schallend. Ich war noch zu dumm, um zu begreifen, daß es ein bitteres Lachen war. Nudelsuppe. Und kein Wort über ihn. Er fühlte sich verachtet, ich mich verulkt. In gequältem Schweigen gingen wir bis zum Kleinhesseloher See, wo die Enten etwas Munterkeit in unser Zusammensein brachten.

Noch immer schreibe ich Tagebuch, auf dilettantische, unsachliche Art, in elegante, ledergebundene Firmenkalenderchen, die als Brosamen für mich von der Reichen Tisch fallen. Vorn und hinten stehen die wahrhaft wichtigen Dinge vorgedruckt: die Entfernungskilometer zwischen Stuttgart und München, Mittel gegen Verbrennungen, Autokennzeichen, Zinseszinsberechnungen. Dazwischen füllen sich die Seiten mit Stichworten – für niemanden wichtig, nur für mich. Es läßt sich kein kulturhistorisches Gut daraus ernten, es läßt sich für meine Urenkel nicht daraus ersehen, was für ein Mensch ich war. Die wichtigsten Ereignisse bleiben unerwähnt. (Manchmal fehlt auch eine ganze Woche.) Selbst während der Suezkrise notierte ich trotz meiner knieschlotternden Angst kurz und schlicht: »Spaziergang zur Mühle. Zwei fremde Schwäne. Abends Philipp II. gelesen.« Dennoch genügt ein Blick auf diese Eintragungen, und der Tag ist wieder da, für immer aus dem Strom der Zeit gerettet, ans Trockene gezogen, eingedost, auf Hausfrauenart. – Niemals steht da: »Zum Augenblick möchte ich sagen, verweile doch...«, und doch meine ich es vielleicht, wenn ich notiere: »Föhn. Äpfel im Keller größtenteils angefault. Die erste Hyazinthe ist blau.«

Das kleine Glück hat seine eigenen Chiffren.

6. *Mai*

»Ich verstehe ja nur eins nicht«, sagte unsere Besucherin, eine starke, eindrucksvolle Persönlichkeit, »warum Sie nun, wo Ihre Eltern nicht mehr sind und Sie nichts mehr hält, freiwillig weiter in diesem Nest leben, das eine derart unangenehme Entwicklung genommen hat.«

(Sie gehört zu den Menschen, deren Unverbindlichkeit einem das Gefühl vermittelt, beim Zahnarzt zu sein. Es tut zwar noch nicht weh, aber es wird wohl gleich.) Auch diesmal traf sie bei mir einen neuralgischen Punkt, der verhältnismäßig ungeschützt liegt: die Angst vor der Fehlentscheidung.

Sie hatte nämlich völlig recht. Das Dorf Seeham hatte im Laufe der Jahre jenen Ausverkauf in schöner Landschaft begonnen, den kluge Leute in ihren schwarzen Stunden für den Untergang Bayerns schlechthin halten. Das einstige Idyll verwandelte sich allmählich in eine uniforme Riesensiedlung, deren Häuser, den Blaupausen phantasieloser Maurermeister entstammend, untereinander eine fatale Ähnlichkeit aufwiesen und die wenigen alten Höfe zwischen sich erdrückten. Kaum eines dieser Häuser hatte im Sommer nicht Untermieter. Doch die einstigen »Sommerfrischler«, die jahrzehntelang mit Kind und Kegel ihren Stamm-Bauern aufsuchten, waren einer rasch wechselnden anonymen Masse gewichen, den »Fremden«, die sich im Dorf nicht heimatlich fühlten und daher für den Lärm ihrer Kofferradios und den von ihnen hinterlassenen Schmutz nicht verantwortlich. Außerdem kam es nunmehr auf ihre Zahl, nicht mehr auf ihre Qualität an (was Durchreisende bereits sehr wohl bemerkten und registrierten. Ein alter Bauer war es, der zu mir sagte: »Mei, früher ... früher, dös san ja Herrschaften g'wen, Herrschaften ...«). In die Jagd nach dem Zehnerl reihten sich Rentner und ausgesteuerte Hoferben mit Eis- und Limonadeverkauf am Stande ein. Doch während der Geldstrom für Seeham etwa Mitte September versiegte, überdauerten Eisbecher, Papiere, Flaschen und Konservendosen in tückischer Unverweslichkeit den Winter bis zur nächsten Saison. Im Juni darauf noch sah der einst so schöne Strand so aus, daß nur die Robustesten darauf ihre Bademäntel auszubreiten wagten.

Doch auch im Winter war das dörfliche Idyll dahin. Die Tankstellen und Neonlichter blieben, schreiende Reklametafeln einheimischer Handwerker und Gasthäuser, sinnlos geworden, weil ja jeder jeden kennt, glotzen ins Schneetreiben. Und so manches alte Anwesen ist abgerissen oder umgebaut worden und wirkliche Schönheit zugunsten einer armseligen, geschmacklosen »Moderne« geopfert.

Was sagt in der vielen berühmten Frauen zugeschriebenen Anekdote die Dame über ihre stürmische Ehe? »Ich habe gelegentlich Mordgedanken gehabt, Scheidung aber niemals in Betracht gezogen.« Ungefähr so verhält es sich auch mit der Bindung an einen Ort, in dem man seit dreißig Jahren lebt. Und so sind denn auch wir, die wir von diesem Aufschwung keinerlei Verdienst, sondern nur Mißlichkeiten, Unruhe und Arbeitsbehinderung abbekamen, manchmal mit Zähneknirschen, manchmal mit dankbarem Aufatmen – geblieben. (Tief einschneidende Veränderungen überlasse ich gern dem Schicksal. Das tägliche Leben selbst in bekannter, wohlvertrauter Umgebung ist aufregend genug.)

Die Frage unserer Besucherin heute hat mich an die mancherlei Gelegenheiten erinnert, in denen wir beinahe fortgelockt worden wären. An Versuchungen hat es nicht gefehlt. Manche tarnten sich als Überlegungen voll echter Vernunft. Als zum Beispiel Michael in einer großen Stadt Norddeutschlands eine Stellung antrat (sie versetzte ihn auf die andere Seite des Schreibtisches, dorthin, wo Gelder verteilt werden und man nicht, geistige Produkte anbietend, in Bittstellerhaltung zu stehen hat), schien es nur eine Frage der Zeit, wann wir zu ihm stoßen würden. Zunächst einmal begleitete ich ihn nicht, sondern blieb in Seeham, um Papa und dem Jungen Apfelstrudel zu backen (den sie freundlicherweise behaupten nicht entbehren zu können) und mir in stillen Augenblicken zu überlegen, daß ich ja seinerzeit vor dem Plakat des Kartoffelkäfers in unserem Gemeindezimmer geschworen hatte, Michael überallhin zu folgen.

Nach einer Weile besuchte ich ihn in der fernen Stadt und sah staunenden Auges den Apparat, der ihm nun zur Verfügung stand. Schreibkräfte, Vorzimmerdamen, Fernschreiber, mehrere Telefone. Macht statt Freiheit. – Wie es denn mit seinem Roman ginge? Nun ja, er versuche jetzt in den frühen Morgenstunden weiterzuschreiben. Abends sei er dazu zu erschossen. Um fünf Uhr ginge der Wecker. Aber er käme nicht recht vorwärts. Ja, an den Wochenenden durchstreifte er die Umgebung. In einem abgelegenen Waldhüterhäuschen habe er um ein Glas Milch bitten wollen, da sei ihm ein Kellner im Frack entgegengetreten. Das, was man hier als Natur bezeichne, sei erschreckend geordnet, gefegt und städtisch. – Unausgesprochen schwang zwischen uns die Erinnerung an die Wälder um Seeham, in denen man sich noch nach zwanzigjähriger Ortskenntnis verirrte, an die einsamen, hochgelegenen Almen, an die stillen Täler, in die man von dort heruntersah, an unser trotz allem Fremdenverkehr noch immer bezaubernd unberührtes Hinterland. Wir sahen uns lange an. Als ich den Blick abwandte, bemerkte ich hinter dem wichtigen, bedeutungsgeladenen Schreibtisch den Nagel in der Wand, an dem Michaels Hut hing. Er hatte sich vertraglich ausbedungen, daß er ihn jederzeit aufsetzen und wieder seiner Wege gehen dürfe.

Auch ich war nun keineswegs mehr sicher, daß wir nach Norddeutschland ziehen würden, und fuhr getrost in mein Dorf zurück.

Es war noch frühes Frühjahr, und man konnte jene Gebilde noch nicht ausziehen, die in meiner Familie als Kirchen- oder Bahnsteighose bezeichnet werden, aber der Kuckuck rief schon jeden Morgen. (Manchmal war es auch gar nicht der Kuckuck, sondern der ewig tropfende Wasserhahn am Küchenausfluß, der ihn täuschend nachzuahmen verstand.) Noch ehe ich mit meinen hastigen Versuchen, das Sommerhaus für einen Großstadtgewöhnten komfortabler zu gestalten, zu einem Ergebnis gekommen war, traf Michaels Brief ein, wonach ihm der Existenzkampf auf dem Dorf doch lieber sei als die soziale Geborgenheit und die Stadt, weil er nämlich sonst nicht mehr schreiben könne. Der Faden der Ariadne führte nach Oberbayern zurück, ohne daß ich am anderen Ende zog.

Als nur noch auf den Gipfeln der Berge etwas schlampig aufgetragener Zuckerguß lag und die Boote für die Saison frisch lackiert wurden, kam Michael heim.

Wie gern hätte ich ihn nach dem vornehmen Interludium in einer Villa mit offenem Kamin empfangen. Oder doch wenigstens den verzweifelt schäbigen Schreibtisch, auf dem drei seiner Bücher das Licht der Welt erblickt hatten, durch einen spanischen Barocktisch ersetzt. Oder wenn schon dies alles nicht, statt der blechernen Badewanne, die einst Bruder Leo nach Maß hatte spenglern lassen, eine Kachelwanne eingebaut, in die das Wasser nicht prasselnd, sondern leise und diskret einlief. Doch ich würde froh sein müssen, wenn man wenigstens meinen Menüs nicht das eiserne Spar-Regime anmerkte, das eine Rückkehr zu den Zufällen des freien Berufs mit sich bringt. (»Nicht gleich anfangs gaben die Götter den Sterblichen alles ...«)

»Willkommen im Grünen«, rief Papa Michael freudig entgegen. (Man verstand ihn kaum, weil er das Scherzo von Bruckners Siebenter, das er des hysterischen Hahnenschreis wegen so liebte, überlaut eingestellt hatte.) »Guck mal, Papi, ich kann Handstand«, verkündete Dicki und fiel dann polternd gegen die Tür. Keiner von beiden hatte gemerkt, daß eine Riesenveränderung, ein Schicksal, ganz dicht vorübergezogen war.

Wir waren geblieben. Wir werden noch anderen Versuchungen widerstehen.

Ich kann das unserer Besucherin nicht erklären.

10. Mai

Haben wir wirklich schon ein halbes Jahr ein Fernsehgerät? Habe ich nicht eben erst ein Stückchen Tagesschau durch das Schaufenster eines Elektroladens hindurch ferngesehen, kopfschüttelnd? Mein bockiger Widerstand gegen die ganze Einrichtung stammt – dazu braucht man keinen Analytiker mit Wachstuchcouch – aus jenem Jahr, in dem ich zwar nicht fernsah, wohl aber ferngesehen wurde. (Wäre ich ein Stück Wild, würde ich waidgerecht als »verblattet« bezeichnet werden!) Ich wurde aufgefordert, eine Glosse von zehn Minuten im Fernsehen zu sprechen und hatte solche Angst davor, daß sich bei mir die Symptome fast aller Leiden mit Ausnahme von Lepra und Pest zu zeigen begannen. Als ich gerade absagen wollte, brach ich durch den morschen Küchenboden, und die Reparatur würde sehr teuer werden. Da kaufte ich mir eine Flasche Baldrian und fuhr in die ferne Stadt zum Fernsehsender.

Der Fernsehsender bestand aus einer Baracke voller Büros mit sehr liebenswürdigen Sekretärinnen und einer Art Turnhalle, von deren Vorraum viele Türen zu Kulissenlagern, Garderoben und Räumen voll gleichgültig-borstiger Techniker führten. Lampenfieber ist ein echtes Fieber. Ich atmete flach und leicht, meine Knie waren eine breiige Masse. Viele Schilder riefen mir zu: »Ruhe, Sendung!« Dann kam eine Gruppe wichtiger Männer zu mir und begrüßte mich. Der eine war für die Programmgestaltung verantwortlich, der zweite für den Ton, der dritte für das Bild und der vierte für die ganze Nachmittagssendung. Sie alle würde ich verstimmen, wenn ich meine Sache schlecht machte. Mir wurde ganz übel. (Nie hätte ich Schauspielerin werden können, nie, niemals!) Das Allerheiligste, in das sie mich führten, um die ganze Sache erst mal durchzuprobieren, war eine Kreuzung zwischen einem Terrarium und einem Fotoatelier: sehr hell, sehr heiß, sehr vollgekramt mit Dekorationen und sich ringelnden Kabeln. Trotzdem war noch Platz für etwa zehn weitere Männer. Man setzte mich vor ein Stück scheußlich tapezierte Wand in einen Stuhl, der statt der Hinterbeine eine untergenagelte Holzkiste hatte. Einer der wichtigen Männer ging neben mir in die Hocke und sprach milde auf mich ein, als erwartete er jede

Minute den in dieser Umgebung durchaus erklärlichen Tobsuchtsanfall. Er eröffnete mir, wie er sich die Sendung etwa gedacht hatte. Mir gefiel es nicht, aber ich wollte ihm eine Freude machen. Zwischendurch mahnte er die restlichen Männer, die sich durch Hinzukommen weiterer Techniker auf etwa achtzehn vermehrt hatten, zur Ruhe. Ohne sich um unser intimes Gespräch zu kümmern, stieß ein gleichgültig blickender Mensch mit einem Metermaß bis zu meiner Nasenspitze vor und schaltete dann noch einen Scheinwerfer zu den übrigen ein. »Bleiben Sie mal so«, rief eine Stimme aus dem Hintergrund. Ich fühlte mich an Verkehrsunfälle erinnert, wo ja auch immer beleuchtet und gemessen wird. »Na, wie kommt sie?« rief einer durch die Pappwand in ein noch heiligeres Allerheiligstes. »Bestens!« rief es zurück.

Dies Wort hinderte mich, einfach aufzustehen und wegzulaufen. Ich fragte, wo eigentlich die Kamera sei und wo das Loch in ihr, durch das sie mich sah. Als ich die Stelle gezeigt bekam, lächelte ich stur dort hinein. Aus dem Nebenraum sagte eine Stimme, nun solle ich mal mit dem Text anfangen. »Sprechen Sie ganz zwanglos«, sagte der Ahnungslose. Ach, der Text, der mir schon zu Hause über meinen Kochtöpfen nicht recht gefallen hatte, klang hier, ins Gesicht eines gelangweilt zahnstochernden Feuerwehrmannes gesprochen, völlig schwachsinnig. Ich sprach zwanglos, nämlich so, wie ich sonst auch spreche, aber damit war es nichts. Einer der wichtigen Männer kam aus seinem gläsernen Vogelbad hervor und sagte mir, ich dürfe nicht mit dem Kopf hin und her wedeln, mich nicht vorneigen und schon gar nicht zurück, mit den Pupillen nicht weiter nach rechts oder links ausweichen, als die Kamera breit sei, und solle außerdem langsamer sprechen und nach der dritten Pause etwas länger lächeln. Mein Versuch, natürlich zu wirken, scheiterte nunmehr vollkommen, und ich war sehr erleichtert, als ich mein Stühlchen verlassen durfte. Es wollte jetzt jemand anders probieren, der nach oder vor mir in der Sendung drankam, und ich durfte mich im Regieraum erholen. Dort war es wohltuend dämmerig nach den grellen Scheinwerfern, wenn auch wieder voller Männer. Ein bis drei saßen hinter einer Art Büfett voller Hebel, Schalter und Armaturen und hielten den Blick starr auf drei Bildschirme an der Wand gerichtet, auf denen man sah, was nebenan geschah. Einer der Männer hatte ein Kehlkopfmikrophon und glich einem Piloten kurz vor der Blindlandung. Ebenso wie dieser schien er auf alles gefaßt. Obwohl das meiste schiefzugehen drohte und durch das beständige Hereinstürzen weiterer wichtiger Männer ein unangenehmer Luftzug herrschte, blieb er ruhig, gebrauchte niemals Kraftausdrücke, legte manchmal einen Schalter herum, und dann erscholl seine

Stimme nebenan im Atelier wie die des olympischen Zeus.

Auf dem Wege ins Kasino kam ich an einem seltsamen Individuum im Hof vorüber, das mir unaufgefordert einen vorgedruckten Zettel zusteckte: Wirst Du nicht damit fertig? So will ich für Dich beten. Es folgte eine Adresse und Telefonnummer. Hatte man es mir angesehen, wie mir zumute war? Oder war der Mann irgendwie an den Fernsehsender angeschlossen?

Das Essen im Kasino schmeckte mir nicht, weil zwei der wichtigen Männer neben mir aßen und sagten, nachmittags bei der Sendung solle ich dann bitte noch langsamer sprechen und die etwas kesseren Bemerkungen weglassen, sonst erschräken die Hausfrauen am Bildschirm vielleicht.

Ich ging in mein Hotel und strich alle kessen Stellen aus meinem Gedächtnis. Als ich glaubte, nun seien meine Worte auch den Insassen einer Anstalt für geistig zurückgebliebene Kinder verständlich, war es Zeit, wieder zum Sender zu gehen. Nun erfuhr ich auch, warum man mich schon eine Stunde vorher bestellt hatte. Es kam eine nette, tüchtige Frau, setzte mich in eine der Garderoben, kämmte mir die Haare und stäubte mir allerlei ins Gesicht. Irgendeine Zauberei aber muß dabeigewesen sein, denn als ich wieder in den Spiegel sah, war ich eine retuschierte, sehr geschmeichelte Porträtstudie meiner selbst, wie sie in den Glaskästen der berühmten Fotografen hängen. Aus dieser erfreulichen Selbstbetrachtung scheuchte mich erst eine neue glühende Welle Lampenfieber auf (Zähneklappern, Schweißausbrüche, Schluckkrämpfe, Trockenheit im Hals), und dann kam einer der wichtigen Männer, auf Zehenspitzen, mich abzuholen. Damit ich in der Flut von blendendem Licht nicht über die Kabel stolperte, führte er mich wie eine Blinde. Die Sendung war in vollem Gang. Die Kamera schaute vorläufig in eine andere Ecke, doch ich mußte schon auf dem Marterstühlchen Platz nehmen, damit sie nur herumschwenken brauchte. In einer Nische des Raumes, ebenfalls hell angestrahlt, saß die Ansagerin. Sie war so schön, daß sie aussah wie eine Gottheit, der Opfergaben dargebracht werden sollen. Auch ihr war schrecklich heiß, denn sie tupfte manchmal mit einem Tüchlein an ihre Stirn und lächelte mir dazwischen ermutigend zu. Dann sagte sie mich an, mit sanfter, gedämpfter Stimme, als befänden wir uns in einem Salon voll kostbarer Gobelins. Ich hatte furchtbare Angst, und nur der Gedanke an den Küchenfußboden daheim hielt mich noch aufrecht. Würde ich auch den Kopf ruhig genug halten und würden mir nicht aus der Erstfassung des Textes ein paar kesse Pointen unterlaufen? Das rote Basiliskenauge der Kamera leuchtete vor mir auf, und ich sagte in den totenstillen, vor Hitze summenden Raum hinein: »Guten Tag!« zu den tausend Augen, die mich sahen, und die ich nicht sah. Links vor meinen Füßen, die nicht mit aufs Bild kamen, stand eine Art Teewagen mit Bildschirm, der sogenannte Monitor, zu meiner Kontrolle. Aber ich konnte mich nicht kontrollieren, weil sonst meine Pupillen garantiert aus dem Bild gegangen wären. Ich brauchte auch meine ganze Kraft dazu, mich überhaupt an meinen Text zu erinnern. Man hatte mir widerraten, ihn auswendig zu lernen, darunter litte die Lebendigkeit des Vortrags. Ich sprach langsam und milde, so wie die Männer es wollten. Diejenigen meiner Freunde, die mein unruhiges Temperament kannten, warteten irgendwo in Deutschland am Bildschirm zitternd darauf, daß ich entweder einschliefe oder in Ohnmacht fiele. Als ich fertig war, mußte ich ganz ruhig sitzenbleiben, denn nun kam noch die Absage. Erst als alle mit den Türen warfen und ausriefen: »Na, für heute langt's!«, war es wirklich zu Ende. An der Art, wie die wichtigen Männer mir die Hand schüttelten, war klar zu erkennen, daß sie fast noch mehr Angst gehabt hatten als ich.

Ich nahm furchtbar erleichtert das Geld für den Küchenfußboden entgegen und fuhr nach Hause. (In Seeham sprachen mich viele Leute an, die mich erst im Fernsehen wahrgenommen hatten, obwohl sie mich doch seit mehr als zwanzig Jahren täglich nah sehen.)

14. Mai

Ringsum fallen die Wasser. Der schmutzige Treibholzbrei, den die Flüsse aus Tirol herangeschleppt haben, senkt sich unter dem Landungssteg. Nur das Wasser in meinem Keller versinkt nicht. Es blickt mich glitzernd an, wenn ich eine Dose Apfelmus heraufholen will. Täglich einmal muß unser Junge seine Abiturvorbereitungen unterbrechen und ausschöpfen. Ich sitze auf dem Küchenhocker und sehe ihm zu, wie er den Eimer schwingt. Eben noch, vor ein paar Jahren, mußte er sich mit seinem ganzen Gewicht an die Klinken hängen, um eine Tür aufzubekommen, und ich schnürte ihm die Stiefel zu. Wie rasch die Zeit vergangen ist! Bald wird er fort sein, aus dem Hause. Söhne, so lautet ein alter Spruch, bekommt man nur geliehen.

16. Mai

Nun sind es schon zwei Jahre, daß Papas Leidenszeit zu Ende ging. Ich hatte unter diesem Wort immer Bettlägrigkeit und Schmerzen verstanden. Progressive Gehirnsklerose aber ist der Verlust der primitivsten Fähigkeiten, die Verzerrung einer strahlenden Persönlichkeit, die Verwandlung eines Menschen in ein Gespenst. Über das, was uns bevorstand, ließen uns die Ärzte keine Illusionen, aber über die Dauer dieses Zustandes wußten sie nichts zu prophezeien. Wie selten habe ich während der schweren Pflege realisiert, daß ich nun eine wunderbare Kindheit, eine Dankesschuld abzahle. Wie sinnlos habe ich mich damit aufgehalten, richtigzustellen, zu organisieren, jene Ordnung aufrechtzuerhalten, jenseits derer das Chaos droht. Da ich kein Ende sah, bin ich durch alles hindurchgegangen, wie man durch einen Schneesturm geht, vorgeneigt, starren Gesichts, weiter, nur weiter.

Die guten Pfleger sind heiter und gleichmütig. Ich war erregt, unsachlich, gelegentlich verzweifelt, ohne es Papa merken zu lassen. In seiner letzten Woche erkannte er mich nicht mehr. »Du bist ein hübsches Mädel, wem gehörst du denn?« fragte er, dankbar und zärtlich nach mir tastend. Mir war, als würde ich in eisiges Wasser getaucht. Zum ersten Mal waren wir einander fern seit dem Tag, als er mich im Nymphenburger Krankenhaus auf den Arm nahm und sagte: »Ah, eine Tochter?«

(Das nüchtern beobachtende Gehirn stellte fest, wie oft ich das Wort »herzzerreißend« unbedacht gebraucht hatte, ehe ich das Gefühl kannte, das mich nun erfüllte.)

An Papas letztem Tag, ehe das einsetzte, was die Mediziner »die barmherzige Lungenentzündung« nennen, war Papa untröstlich und erregt und fragte immer wieder nach seiner Mutter, »die eben noch da war«. Zum ersten Male trat die ferne, wunderschöne Großmama Marie Fjodorowna, die ich nie gekannt hatte, in unser Häuschen. Sie kam, ihn abzuholen. Der Spruch, wonach Sterben in die Mutter zurückfallen heißt, wurde begreiflich und faßbar. Einen Augenblick lang saß ich da, Papa in den Armen, der so seltsam klein und leicht geworden war, und konnte die geheimnisvolle Kette, die zugleich vorwärts und rückwärts durch die Generationen führt, in der durchsichtig gewordenen Zeit sehen. Von da an tat nichts mehr ganz so weh. Sein Sterben war, wie er es immer prophezeit hatte, reine Formalität.

Noch immer steht mir die riesige Arbeit bevor, sein Bild wieder zusammenzusetzen, wie es war, das Licht deutlich zu machen, das er ausgestrahlt hat. Die zwei Jahre seit seinem Tode sind dazu noch kaum ein Anfang gewesen.

20. Mai

Heute vormittag rief der Mann aus dem Autohaus der kleinen Kreisstadt an, der bestellte neue Wagen sei da. Michael fuhr hinein, ihn abzuholen. Keine jubelnde Ergriffenheitsszene fand statt, auch kein tränenreicher Abschied vom alten Wagen. Mir fiel jedoch immerhin auf, daß etwas fehlte. Es scheint sich darin gegen früher Wesentliches geändert zu haben.

Kluge, mathematisch denkende Menschen haben

den Durchschnittsbürger überzeugen können, daß ein Wagen nach soundsoviel Kilometer rasch an Wert verliert, so daß es, wenn man nicht Verluste erleiden will, rentabler ist, ihn für einen neuen in Zahlung zu geben. Der Gebrauchswagen wird in steigendem Maße zum Verbrauchswagen. Schon, wenn er strahlend und neuerworben dasteht, muß man sich sagen, daß auch dieser Held jung sterben wird, und so kann sich zu ihm kein persönliches Verhältnis mehr bilden. Man ist nur noch auf Gedeih mit ihm verbunden, nicht mehr auf Gedeih und Verderb. Es geht mit der äußeren Blechhülle jetzt wie mit dem guten Anzug. Richtig wahrgenommen wird er nur bei der Anprobe. Von da an sitzt er nur noch mehr oder minder bequem.

Wie seltsam unromantisch, wie sachlich das alles geworden ist. Und dabei hat es doch seinerzeit kaum eine Veränderung gegeben, die unser Leben hier so von Grund auf umgekrempelt hat, wie der fahrbare Untersatz.

Unser erster war ein alter Opel P 4, hieß »Hochwürden« und sah auch so aus. Er war aus den allzu kundigen Händen eines Autoschlossers und Polsterers »so gut wie neu« hervorgegangen, und erst nach einem Jahr durfte, ohne Ehekrieg zu entfachen, zugegeben werden, daß man uns mit ihm gewaltig hereingelegt hatte. Auf der Autobahn machte er glatt seine siebzig, darüber hinaus hob er ab und machte sich zum Fluge bereit. Auch litt er an geheimnisvollen inneren Störungen, weil sein Kühler verkalkt war. Gelegentlich mußten wir halten und ihm in der nächstgelegenen Reparaturwerkstätte ein Klistier verpassen lassen. Wenn man dann den Motor anließ, waren alle hilfsbereit Umherstehenden bis aufs Hemd durchnäßt, und man konnte wieder mindestens fünfzig Kilometer weit fahren.

Im Winter fror man in Hochwürden derart, daß ich wie im finsteren Krieg und Nachkrieg den in der Kachelofendurchsicht vorgeheizten Wärmstein von Großmama in den Mantel stopfte. (Ab Rosenheim war er lauwarm.) Eine nächtliche Heimfahrt mit Hochwürden war ein Abenteuer, ein Allen-Gewalten-zum-Trotz, aber er konnte etwas, was kein Wagen nach ihm in solchem Ausmaß gekonnt hat: er vermittelte der in ihm eingeschlossenen Familie das Zusammengehörigkeitsgefühl einer Schiffsmannschaft auf einem brüchigen Segler vor Kap Hoorn.

Hochwürden und das Haus beschnüffelten einander mißtrauisch. Er hatte natürlich zunächst keine Garage und war gezwungen, sich mit dem Hinterteil gegen das gestapelte Holz an der Ostwand zu stellen. Wenn er angelassen wurde, stank Michaels Zimmer noch stundenlang nach Benzin. (So dicht waren die Mauern des gemauerten Hausteils auch wieder nicht.) Bald aber wurde uns klar, daß wir mit Hochwürden ein weiteres Zimmer ans

Haus angebaut hatten, ein Aussichtszimmer, einen Wintergarten. Zum ersten Male nach Jahren konnte nun wieder die ganze Familie gemeinsam in Seehams wundervolle Umgebung ausschweifen. Papa fehlte es nun nicht mehr, daß er nicht radeln konnte beziehungsweise durfte. Wir fanden ihn zu den abwegigsten Tageszeiten freudig bereit, Hut und Stock zu ergreifen und eine Ausfahrt zu machen. (Der Stock verhakte sich anfangs mit der Gangschaltung, und Papa stellte manchmal heimlich ein Pilzkörbchen auf die Handbremse, in der Hoffnung, daß wir nachher im Wald halten würden. Er hatte ebensowenig Erfahrungen mit Autos wie Dicki und ich.) Dicki, nun längst zu groß, um noch auf den Schoß genommen zu werden, verflocht im Fond seine Beine mit den meinen, zappelte, wenn er meinte, hier sei es schön, hier müsse man aussteigen, und widmete sich zwischendurch seinen lateinischen Schularbeiten (»Kimon unterwarf durch sein bloßes Erscheinen die auf ihren Réichtum pochenden Thasier«).

Hochwürden besaß von Haus aus keinen Kofferraum, was ihm das Profil eines Mannes mit Turmschädel und ohne Hinterkopf gab. Schon aus rein ästhetischen Gründen mußten wir ihm einen Blechbehälter kaufen, den man hinten anbringen und in dem man einiges Gepäck verstauen konnte, wenn man bescheiden war.

Als er uns etwa ein halbes Jahr treu herumkutschiert hatte, bekam er zur Belohnung eine Garage. Zu Wellblech konnten wir uns nicht entschließen, es hätte zu scheußlich ausgesehen. Michael rodete den Flieder, unter dem wir als frischvermähltes Paar so ungünstig fotografiert worden waren, mit Stumpf und Stiel und schmiegte die hölzerne Garage mit Hilfe der Nachbarssöhne so zwischen Tanne und Blutbuche hinein, daß es aussah, als habe sie schon immer dort gestanden und sei eingewachsen. Es traf sich glücklich, daß gerade um diese Zeit das Hausdach mit sogenannten Zementpfannen gedeckt wurde. Von den Schindeln, die mit einer Art Fisch-Schupper heruntergerissen wurden, waren manche noch brauchbar und wurden an die Wetterseite der Garage genagelt, die dadurch eine vorzeitige Patina bekam. Hochwürden fühlte sich wohl darin, mußte aber bei Kälte in bei Kriegsende organisierte, muffig riechende Militärdecken verpackt werden.

Trotz allem: er war mit seinen wassergekühlten Eingeweiden den harten Bedingungen des Alpenvorlandes nicht gewachsen. Nicht, daß ich ihn bedauerte, ich machte es ihm zum Vorwurf. Ein zärtliches Verhältnis zwischen ihm und mir hat sich niemals bilden können. Vielleicht wurde es auch im Keim erstickt durch das Ansinnen, daß ich den Führerschein machen sollte.

Es gab einen kurzen, fürchterlichen Kampf in meinem Inneren: Reste der Minderwertigkeitskomplexe von früheren, schlecht ausgeübten Sportarten wurden endlich von dem Gedanken überwältigt, daß ich mich vor Michael, wenn ich schon nicht zäh und braunäugig war, wenigstens mutig zu erweisen hätte. So wanderte ich denn einmal wöchentlich in Seehams Wirtshaus, wo der Fahrlehrer Unterricht erteilte. Dort saß ich in einem schlecht beleuchteten, rauchigen Nebenzimmer zwischen pickeligen Jünglingen, die Bier tranken, und ich bekam erklärt, daß die Seilzugbremse deswegen so gefährlich ist, weil ein Bremsseil reißen kann, die Öldruckbremse aber noch gefährlicher, weil man aufgeschmissen ist, wenn das Öl ausläuft. Ich hatte immer das Gefühl gehabt, daß das Auto ein Wesen ist, das dem Menschen nach dem Leben trachtet. Nun sah ich meine schlimmsten Befürchtungen übertroffen. Die Steuerung konnte blockieren, die Kolben fressen, das Getriebe zerspringen. Ich geriet in eine düstere, rein männliche Welt.

Als ich mich dann selber hinters Steuerrad setzte, schien mir, es seien hier beim besten Willen das Wollen und Vollbringen nicht in Einklang zu bringen. Hochwürden ruckte und hopste, wenn ich noch so konzentriert anfuhr, ja bereits, wenn ich beim Kupplungtreten die falschen Schuhe anhatte. Er gab meine schlechten Charaktereigenschaften mit der Lieblosigkeit eines Zerrspiegels wieder, bockte und schlingerte, wenn ich nur eine Sekunde den Blick schweifen ließ, ungeduldig wurde, verzweifelte. Meist war ich noch vom Vorgang des Anfahrens so erschüttert, daß ich zu steuern vergaß. Irgendwas konnte das blöde Vehikel ja auch mal selber machen. Die Fahrstunden spielten sich in und um die kleine Kreisstadt ab, wo alle unangenehmen Operationen der letzten Jahrzehnte stattgefunden hatten. Auch dieser fühlte ich mich hilflos ausgeliefert. Wenn eine Frau in der Ferne meine Fahrbahn überquerte, rief ich ihr im Geist zu: »Unglückliche! Haben Sie Kinder? Gehen Sie aus dem Weg!«

An den Kreuzungen schlug der Fahrlehrer oft beide Hände vors Gesicht und klagte: »So, jetzt fahren die anderen Auto, und wir steh'n da!« Mancher Verkehrsschutzmann, den ich umrundete, mußte die Mütze abnehmen und sich mit allen zehn Fingern durchs Haar fahren, ehe er mir kopfschüttelnd nachblickte. Michael, obwohl ein starker, in sich ruhender Charakter, ging doch lieber Kaffee trinken, solange ich Unterricht hatte. Ich darf jedoch sagen, daß er dem Wagen ohne Abschiedswehmut nachblickte, wenn er ausstieg.

Das wirklich Komische war, daß ich meine Fahrprüfung glatt bestand, obwohl man mich auf einem unsinnig steilen Berg halten und wieder anfahren ließ. Die Strecke, die man mir vorschrieb, hat allerdings bis heute ein gewisses Odium behalten. (Ich meide Läden, die in dieser Gegend liegen.) Ich nahm meinen Führerschein, schüttelte dem Fahrlehrer und dem Prüfer die Hand und fuhr nach Hause in die Garage. Dort zog ich den Schlüssel ab, nahm einen Kuß von Michael entgegen und berührte das Steuerrad niemals wieder. (Nicht immer kommt der Appetit beim Essen.)

Wie so viele Frauen übertrug ich die üblen Erfahrungen mit einem Individuum gleich auf die ganze Gattung. Ich fuhr auch Hochwürdens Nachfolger niemals, einen grauen Volkswagen, der wegen seines Buckels vorn und hinten den Namen »Klein-Zack« aus Hoffmanns Erzählungen erhielt. War Hochwürden ein bissiger, übellauniger Mops gewesen, so war Klein-Zack ein Drahthaarterrier. Er schaffte munter schnurrend Kilometer hinter sich, ohne das Bedürfnis nach Ruhepausen zu zeigen. Die Kontakte zwischen Seeham und der Welt wurden enger. So mancher Redakteur erbleichte vor lauter schlechtem Gewissen, nun Michael unvermutet sein Gesicht in fernen Städten zeigte, redete ihn vor Schreck mit »Meister« an und versprach, das unter Papierstößen begrabene Manuskript schleunigst hervorzusuchen. Freunde, die ungünstig wohnten und die man ganz aus dem Gesicht verloren hatte, wurden wieder besucht und alte Beziehungen aufgefrischt. Nächtliche Heimfahrt nach Kunstgenüssen bekamen ihr Abenteuerliches höchstens durch Hinzutreten von Wetterkapriolen. Man konnte in Klein-Zack sogar im

Abendkleid fahren, er war warm. (Der ewige Gestank nach warmem Öl rührte daher, erklärte mir Michael, der auch auf Klein-Zack nie etwas kommen ließ, daß die Heizung mit dem Motor zusammenhinge.) Es kostete auch nur wenig mehr Benzin, auf geschäftlichen Fahrten Besichtigungen von Schönem einzubauen. Zum ersten Male lernte ich, die früher immer gemeint hatte, die Schilder für Strickwolle und Sahnebonbons seien auf allen Bahnhöfen die gleichen, das schöne Deutschland wirklich kennen. Doch ach, kein Gefühl der Dankbarkeit erhob sich in meinem verstockten Busen.

Klein-Zack fuhr, von meinem Hausfrauenstandpunkt aus gesehen, nicht mit Benzin, er fuhr mit meinen Strümpfen, mit Kinobesuchen, mit einem anständigen Mantel, mit der teueren Marmelade, mit allem, was man sich täglich an Versuchungen verkneifen mußte. Er lebte sozusagen über unsere Verhältnisse. Und wehe, wenn er sich erlaubte, auch nur die kleinste Reparatur nötig zu haben! Nichts von der Zärtlichkeit, mit der Michael ihn wartete und polierte, hatte in mir Platz. Als er just auf einem steilen Paß in Österreich jenes grauenvolle Poltern hören ließ, mit dem die Zähne des Getriebes im Gehäuse herumwirbeln, stieg ich mit dem bitteren (und ungerechten) Satz aus: »Schon wieder! Dieses Biest!« – Alles rechnete ich ihm auf: daß der arme Papa, den wir so schonend zu diesem Ausflug transportiert hatten, nun auf Kleinbahnen durchgeschüttelt wurde, bis er wieder in Seeham bei Dicki war; daß es anfing zu regnen, als Michael und ich auf den Abschleppdienst warteten; ja selbst das Übernachten im Hotel ohne Nachthemd und mit einer frischgekauften Zahnbürste. Gewiß, ein bißchen leid tat er mir schon, als er nun in einer österreichischen Werkstatt aufgebockt und halb ausgeschlachtet dalag, während das Öl wie dunkles Blut aus seinem Bauche rann und von einer Wanne aufgefangen wurde. Passanten, die der Fall gar nichts anging, traten herzu und umstanden ihn teilnahmsvoll, als sei ein Pferd gestürzt. (Es waren übrigens durchweg Männer.) Noch viel mehr leid jedoch tat mir Michael, der bleich und gefaßt war und so sehr betonte, es sei sicher nicht so viel passiert, daß ich daraus schloß, es müsse ziemlich schlimm stehen.

Selbst bei Männern, die sachlich zu denken imstande sind, scheint das Vertrauen zu einem Wagen mit erneuertem Getriebe nicht mehr sehr ausgeprägt. Sobald es möglich war, gaben wir Klein-Zack gegen einen neuen Volkswagen Export in Zahlung, der schmuck aussah und den Namen Silberfisch erhielt. Er war der letzte, der mit Kosenamen angeredet wurde. Von nun an hieß jeder fahrbare Untersatz »der Wagen«, wie bei Lieferanten und Generaldirektoren. Kein Wunder, man kann sich ja nicht andauernd umgewöhnen. (Tante Lina redete ihre rasch wechselnden Dienstmädchen immer mit dem Namen der vorigen, ja vorvorigen an. Auch Tante Lina wäre nur zu gern mit einem dieser Mädchen alt geworden.)

Erwägungen, die nichts vom Duft der Ferne, nichts vom Märchenhaften des fliegenden Teppichs mehr hatten, traten selbst beim Gespräch mit mir in den Vordergrund: Wollten wir mit Dicki reisen, so gab es im Volkswagen zwei Möglichkeiten. Entweder saß ich hinten und mir wurde übel, so daß zwischendurch gehalten werden mußte, oder aber Dicki saß hinten und seine ungeheuren Beine drückten uns in den Rücken, beziehungsweise verstellten, hochgezogen, die Aussicht durchs Rückfenster. Konnte doch dieser Heuschreck beinah nicht still sitzen, weil man ihm Gepäck zur Seite geben mußte, das im Kofferraum, wenn wir zu dritt fuhren, keinen Platz mehr fand. Als jene höhere Mathematik des »In-Zahlung-Geben-Müssens-eh-die-Wertminderung-zunimmt-und-die-Reparaturen-anfangen« wieder mal fällig war, die einer Frau so schwer eingeht, stiegen wir auf andere Gebrauchsartikel um. Ob sie nun Opel oder Ford hießen, bewegte nur noch die Männer, wenn sie unter sich waren. Der, den sie gerade gekauft hatten, war immer unvergleichlich besser als der vorige. Mich interessierte es nicht. Wir hatten genügend Kofferraum, dafür weniger Tuchfühlung, und Michael schaltete nie mehr versehentlich mit meinem Knie. Auch schenkte diese Art geräumiger und leiser Wagen (sie gehören, fachlich gesprochen, zur Mittelklasse, ich weiß so etwas nie, weder bei Boxern noch bei Autos) Michael jenen geheimnisvollen Aufschwung des Lebensgefühls, den man dem Mann, den man liebt, unbedingt gönnen sollte. In dem Motor steckt etwas mehr Kraft, als man auf freier Strecke braucht, und dadurch kann man unerfreuliche Verkehrsverknotungen schneller hinter sich lassen.

Was das Lebensgefühl anbelangt: Es soll Frauen geben, deren Empfindungen für den eigenen Wert von dem Automobil abhängen, mit dem sie vorfahren. Ich gehöre nicht dazu. Wer jedoch wie ich mit einer immerwährenden, fast schmerzhaften Angespanntheit geschlagen ist (Schilddrüsenüberfunktion, wird oft mit Temperament verwechselt!), ist froh, am Ende der Fahrt einigermaßen frisch und manövrierfähig auszusteigen und somit Kunstgenüssen oder menschlichen Zusammenrottungen besser gewachsen zu sein. Die neuen Wagen waren jedoch auch ziemlich schnell, fast zu schnell, und Dicki, dem Kindesalter entwachsen, sprach sich sehr bestimmt zugunsten von Sicherheitsgurten aus. An diese Eltern, so äußerte er, sei er nun einmal gewöhnt, auf andere wolle er nicht mehr umsatteln. – Ich war zunächst etwas besorgt, ob man mit diesen bequemen und keineswegs umständlich zu befestigenden Gurten nicht irgendwie in Gottes unerforschlichen Ratschluß eingriffe, aber Michael beruhigte mich. Sie seien kein Kraut gegen den Tod, wohl aber gegen die unangenehmen und kostspieligen kosmetischen Operationen. (Wir hatten an einer Freundin gesehen, was ein bißchen Windschutzscheibenglas anrichten kann.)

Eben hat Michael aus der kleinen Kreisstadt angerufen. Auf den neuen Wagen paßt wieder nichts von dem Zubehör, das beim vorigen gepaßt hat: die Winterreifen nicht, das Radio nicht, die eingebaute Uhr nicht, und natürlich auch nicht die Sicherheitsgurte, weil sie anders angebracht werden müssen. Ich würde ja nur zu gern in einen alttestamentarischen Fluch gegen die Zubehörindustrie ausbrechen, diese Bande, die sich den Spieltrieb der Männer zunutze macht. – Doch ich las gestern, daß wir Frauen durch unsere Variationsbesessenheit die Preise für zum Beispiel Kochtöpfe und Schuhe hinauftreiben, weil wir bei jedem Kauf die unzähligen »mitgeschleppten« Modelle finanzieren. Auch unser Spieltrieb ist nicht von der Hand zu weisen.

In einer Viertelstunde wird Michael mit dem »Neuen« vor der Garage vorfahren, und wir werden beide so tun, als sei alles wie immer. Einen Augenblick lang denke ich an den Morgen, an dem wir damals den noch kleinen Dicki klopfenden Herzens in den Garten führten und er beim Anblick des Blechfossils Hochwürden fragte: »Wem gehört der schöne Wagen?« und wir mit belegter Stimme erwiderten: »Uns!« Damals begann eine neue Ära. Diesmal werden Dicki, wenn er aus der Schule kommt, und ich uns zu der Frage aufraffen: »Wie fährt er denn?« Wir werden ihn nicht taufen, nicht wahrhaftig in die Familie aufnehmen. Es ist berechenbar, wann er uns wieder verläßt. Etwas anderes jedoch bleibt auch bei ihm unberechenbar, und das ist es, was mich heimlich nach einer Beschwörungsformel, einem Zauber suchen läßt, der dies Stück Schicksal bändigt, dem wir unser Leben anvertrauen.

21. Mai

Seit heute vor einem Jahr haben wir keine Katze mehr. Unser gelber Muckl ist und bleibt unersetzlich. Als zartes, aufgeregtes Wollknäuel kam er damals zu uns und teilte jahrelang freiwillig unser Leben. Leidenschaftlicher Kämpe und gefürchteter Nebenbuhler in Katzenkreisen, beliebt bei den Katzendamen Seehams, der Stimmlage nach ein Basso Buffo, kam er jedes Frühjahr zerschunden und ramponiert, mit verschwollenen Augen heim. Aus Diskretion machten wir kein Aufhebens von seinem Zustand. Dafür fügte er sich widerspruchslos in unsere Albernheiten und duldete sogar die Petunien in den Balkonkästen, wo er sich am liebsten sonnte (die Ohren schauten heraus und wurden vom Wind gekühlt). Er lebte im Paradies, weil er nicht wußte, daß seine Zeit bemessen war, und starb rasch und ohne Schmerzen an einer Lungenembolie wie der letzte König von England.

23. Mai

Wieso gibt es kaum noch das »Butterbrotpapier« unserer Eltern und Großeltern? Alles wird in Plastikbeutel verpackt, unser ganzes Haus ist voll Plastikbeutel, weil alles und jedes darin feilgeboten wird: Kaffee und Karotten, Sauerkraut und Majonnaise, Hemden und Schlipse. Sie lassen sich nicht stapeln, krabbeln heimlich des Nachts hinter dem Vorhang hervor und lassen sich zu Boden gleiten. Ein unheimlicher Stoff, eines Morgenstern würdig. Ich habe die Kochlöffel umquartieren müssen, um alle Plastikbeutel ins Schubfach einzusperren. Sicherheitshalber!

24. Mai

Zu den Worten, die sich im Familienkreis eingebürgert haben – und dies zu meinem Verdruß –, gehört endgültig das Wort »psychisch«. Als ich klein war, war eine Psyche ein Spiegel, der auf einem Mahagonisockel im Salon stand und vor dem man seine Sonntagskleider anprobierte. Einige Jahre später wurde Psyche zu einem übertriebenen holdseligen Flügelwesen auf Gemälden, das gerade von einem ebenso holdseligen Amor schnöde verlassen wird. Heute aber ... Von jedem, der keinen Gurkensalat essen kann, ohne Bauchweh zu bekommen, oder der in gewissen Höhenlagen an Kopfschmerzen leidet, heißt es: »Das ist rein psychisch bei ihm.« Ich lasse das hingehen, weil ich es nicht nachkontrollieren kann. Stolperte man früher über den Teppich, so gab es zwei Möglichkeiten: den Teppich wieder geradezuziehen, oder die Schuhe zum Schuster zu bringen. Statt dessen wird einem nun bewiesen, daß man gegen Herrn Meier, der am anderen Ende des Teppichs stand, eine psychische Hemmung hat, und die bewanderten Laien kommen zu Schlüssen, über die man abwechselnd rot und grün werden kann, wie eine Verkehrsampel.

25. Mai

Die Frage, die mich immer in fieberhafte Tätigkeit versetzt: »Können diese Zeitungen hier auf den Boden?« oder aber »Kann ich die Zeitung hier nehmen, Mami, meine Schuhe sind patschnaß, ich muß sie ausstopfen.« – »Bitte nur den Anzeigenteil«, rufe ich ängstlich, lasse alle Arbeit fallen, an der ich gerade bin, und mache mich über die Nachrichten her. Ist es die Angst, etwas zu verpassen? Läßt sich das allzu unangenehm Aktuelle besser einnehmen, wenn es schon von vorgestern ist? Können die Ost-West-Beziehungen sich nicht inzwischen schon gebessert haben? Heute las ich nach über ein Ankopplungsmanöver im Weltraum, da fiel mir die Torte ein, zu der man so viele Eier braucht und die im Backofen war. (Warum nur hat man heute, Jahrzehnte nach der Währungsreform, noch immer ein köstlich schlechtes Gewissen, wenn man ein Rezept mit acht Eiern bäckt? Eine Kinokarte kostet doch schon viel mehr als acht Eier?) Als ich zu Gagarin zurückkehren wollte, hatte doch jemand die Zeitung zum Schuh-Ausstopfen genommen. Es tut mir nicht einmal leid. Ich bin eben unfähig, weltgeschichtlich zu denken.

27. Mai
So, der Geburtstag ist mal wieder geschafft. – Wie gerne feiere ich die meiner Lieben, wie ungeheuer ungern meinen eigenen. Wann hat sich das umgekehrt? Als Kind war ich sehr verstimmt, daß auch andere Leute wagten, gelegentlich Geburtstag zu haben, und liebte meinen eigenen riesig. (O Kränzchen im Haar, Schokolademaikäfer auf dem Geburtstagstisch – die kleinen zu zehn Pfennig –, die über alle Geschenke krochen, die weißen Strümpfe, die Lackschuhe, die Feierlichkeit ... Ja, Mauseschwanz, nun bist du schon sieben ...)

Ich würde ja überhaupt nicht backen, aber meine

Männer haben so gern einen Anlaß, Torte zu essen. Meist stoßen gerade dann Menschen zu uns – es hat sein Gutes, denn dann wird der Rest Torte nicht sauer, aber auch etwas Peinliches, ihnen zu erklären, warum die Torte auf dem Tisch steht, und sich als Fest-Ochse zu bekennen.

In anderen Häusern sind Geburtstage Feste, die zu feiern sich lohnen. Ich weiß nicht, wann über unseren Geburtstagen ein Unstern aufging. Nun sind es schon Jahre, daß sich die Familie am Vorabend eines solchen Festes mit den bedeutungsvollen Worten verabschiedet: »Na, nun wollen wir mal sehen, was morgen wieder passiert.«

Mit Dickis Geburtstag fing es an. Irgendwann im Dunkel der Nacht hatte sich in unser Wasserreservoir auf dem Boden droben ein kleines Rostlöchlein gefressen, und um vier Uhr früh an einem Sommermorgen ergossen sich vierhundert Liter Wasser durch unser schlafendes Haus. Das Geburtstagskind, nunmehr sieben Jahre alt, hatte wohl einen Augenblick gedacht, wir hätten eine besondere Überraschung vorbereitet, und fuhr alsbald entsetzt aus seinen Decken. Michael, struppig, aber entschlossen, drehte alle Wasserhähne auf, damit die Fluten noch einige weitere Auswege hätten, und schleppte die Bücher aus den Regalen ins Trockene.

Gegen sieben Uhr lief ich in die Küche und riß den Bodenbelag heraus, um nachher dort in Ruhe schöpfen und wischen zu können.

Diesen Bodenbelag hätte ich schätzungsweise fünf Jahre früher herausreißen sollen. Mittlerweile war die Diele darunter verfault, gab prasselnd nach, und ich stand bis zu den Knien im Souterrain, wenn man das bei uns so nennen darf. Noch während die Kerzen um Dickis Kuchen brannten, war Michael damit beschäftigt, mir mit Vergrößerungsglas und Pinzette einige Dutzend Splitter besten Fichtenholzes aus den Waden und Schenkeln zu entfernen. Da fast unsere gesamte Einrichtung im Gras trocknen mußte, kam ich bei den Seehamern in den Ruf einer exorbitanten Hausfrau, die es beim Stöbern besonders genau nahm. (Das tat mir wohl.)

Am Tage vor Papas Geburtstag hatten endlich die Handwerker einmal Zeit, etwas längst Fälliges im Hause in Angriff zu nehmen. Wieder hatten wir mehrere Wochen lang Rührstücke vor ihnen aufführen müssen. Der Werkzeugkasten, über den die Gäste auf dem stillen Ort so viel gelacht hatten, sollte in die Wand eingelassen werden. Schon als ich diesmal die Torte ins Wohnzimmer trug, brach die Mauer, die Ziegel donnerten auf der anderen Seite in das sowieso von allen Göttern verlassene Bad und verbeulten das bißchen Schönheit, das unserer Blechwanne noch geblieben war.

Am Vorabend meines dreißigsten Geburtstages hatte Michael beschlossen, es müsse Außergewöhnliches geschehen (Geplantes, diesmal), und wir fuhren zu Freunden, um altmodischen Dingen zu huldigen wie Theaterstücklesen oder Lieder von Schubert am Klavier singen. Spät nachts kamen wir heim. In der Diele lag ein Zettel (Wie lieb doch von den zweien, Papa und Dicki, mich als erstes mit einem Glückwunsch zu erfreuen!), darauf stand mit Blockschrift: »Liebe Mami, der Gestank kommt davon, weil wir die Miezi aus Versehen in Deinem Zimmer eingesperrt hatten. Opa hat Deine Steppdecke schon draußen über die Wäscheleine gehängt. Gratulier Dir auch schön.«

Gestern ist nichts passiert. Vielleicht wird das Koboldtreiben nachgeliefert.

28. Mai

Kaum schaute die Sonne heraus, ließen wir alle drei die Arbeit fallen und fuhren in das »Bayern vor 1912«. So heißen bei uns die Dörfchen ohne Fremdenverkehr, abseits von Berg und See, zu denen man nur über Bauernwege kommt. Jeder von uns darf einmal wählen, ob es am Kreuzweg links oder rechts weitergehen soll. Schön ist es überall. (Wie sagte die Prinzessin in meinem Märchenbuch: »Im Lande *nebenan* sind die Pfannkuchen viel gelber!«)

Auf einer waldigen Höhe stießen wir auf ein Schloß, über dessen Portal ein Wappen mit der Leiter der Scaliger angebracht war! Wie kamen die

Scaliger aus Verona hierher? Meine Männer zogen sich vor dem Schild *Privatbesitz* wohlerzogen zurück. Ich zerrte, zitternd vor Schüchternheit und Angst (Warnung vor dem Hunde!) am rostigen Glockenzug. Es kläffte mehrstimmig. Von drinnen erscholl eine Stimme: Nur herein. Es war jedoch nicht der letzte Scaliger, sondern ein Korbflechter, der in dem höchst italienisch anmutenden Burghof saß und einen Waschkorb reparierte. Die Herrschaften seien nicht da. An der Treppe, die zu den drei Etagen übereinanderliegender Veroneser Rundbögen hinaufführte, stand zu lesen: »Der ältere männliche Dackel Wastl soll nicht treppensteigen! Bitte hinauftragen oder untenlassen!« War das der Hund, vor dem gewarnt worden war? Jedenfalls schien der Nachfahr des grausamen Antonio, der so gut mit Gift und Dolch umzugehen wußte, seinen Ahnen unähnlich zu sein. (Das mit dem Wappen stimmte tatsächlich, wir lasen es später nach.)

Das Essen im Gasthaus drunten im Dorf war auch ganz wie in Bayern vor 1912: das Ochsenfleisch wie gekochte Gummiwärmflasche.

30. Mai

Man hat mir einen modernen Roman zu lektorieren gegeben. Nach dem Abspülen habe ich mich damit in die Sonne hinters Haus gesetzt. Ich habe gar nicht verstanden, was darin vorgeht. Sicher war die Sonne schuld. Abends im Bett wurde es mir auch nicht klarer, aber da habe ich gedacht, ich sei vielleicht zu müde, um noch etwas richtig aufzufassen. Von da an habe ich aufrecht sitzend gelesen, am Schreibtisch, gleich nach dem Frühstück. (Natürlich, es kann nicht immer alles einfach und überschaubar sein; »Eduard, so nennen wir einen reichen Baron im besten Mannesalter...«, beginnen die Wahlverwandtschaften.) Am Schluß wußte ich noch immer nicht, wer überhaupt wer ist und mit wem was getan hat. Ich habe mir eine Flasche Lezithin gekauft und von vorn angefangen.

Es hat doch am Buch gelegen.

3. Juni

Abends sind wir aus der Küchentür gegangen, und nach ungefähr zehn Schritten hörte man nur noch Frösche, Hunderte, Tausende, in an- und abschwellendem Chor, der an eine applaudierende Menschenmenge erinnerte. Am Himmel flockten die Wolken wie geronnene Milch. Irgendwo dahinter mußte der Mond stehen. Es war so kalt, daß man die Hände in die Tasche steckte. Ob es wohl wärmer gewesen ist, als Eichendorffs »Brunnen verschlafen rauschten in der prächtigen Sommernacht«? War das Klima zur Zeit der Romantiker wirklich besser? War es nicht schon damals nur eine einzige vollendet schöne Sommernacht, zu der Eichendorffs Sehnsüchte (und unsere) immer wieder zurückkehrten, weil »nur Gedenken hold ist, nie das Heute ...«?

4. Juni

Es regnet wieder. Wenigstens hatte die Fronleichnamsprozession trockenes, schwüles Wetter. Still hingen die Fahnen herab, als sie durch die hitzeflirrenden Felder getragen wurden. Ich stand zwischen den Heuhocken und sah die Prozession vorüberziehen. Die Jungfrau Maria im hellblauen Mantel lächelte milde auf die Handtäschchen ihrer Trägerinnen nieder, die zwischen den Blumen zu ihren Füßen lagen. All die Männer und Frauen, die ich so gut kannte, waren feierlich verwandelt und erhöht. (Wie groß doch die Kinder seit dem letzten Mal geworden waren und wie sie sich bemühten, brav zu sein!) Immer wenn ich gerade spürte, wie sehr sie alle mir in den letzten Jahrzehnten ans Herz gewachsen sind, rummste der Böller los und erschreckte mich fürchterlich.

5. Juni

Meine Bandscheibe meldete sich zu Wort. Großmama hatte gar keine Bandscheiben, weil sie nicht Auto fuhr und man damals kaum medizinische

Kenntnisse besaß. (Laut Todesanzeige der Ottilie von Goethe, geborene Pogwisch, starb der alte Geheimrat an »einem nervös gewordenen katarrhalischen Fieber«.) Heute haben nahezu alle Leute Bandscheibenkenntnisse, und ich werde mit Ratschlägen überschüttet: Moorpackungen, Unterwassermassagen, wirbelfreundliche Rückenlehne im Auto (hab' ich schon), Chiropraktiker, Sportarzt in Bad Tölz, Montecatini-Terme in Italien ...

Ein nüchtern denkender Arzt riet mir, den Staubsauger wegzuschmeißen und mit leicht angehobenem Kinn und geradem Rücken auf den Knien mit dem Schäufelchen unter der Couch herumzukriechen.

Alle meinen sie es gut mit mir.

Heute kam der Röntgenbescheid. »Spondilotisch-arthritische Abnutzungserscheinungen der gesamten Wirbelsäule.« – Abnutzung? Ich bin doch nur ganz normal genutzt worden. Bei einem Wagen würde es jetzt höchste Zeit, daß man ihn in Zahlung gibt. Wie hoch mag mein Wiederverkaufswert noch sein, ehe die Reparaturen anfangen?

7. Juni

Die Saison hat allen Ernstes begonnen. Unsere nähere Umgebung tut all ihre natürliche Schönheit von sich, so gut es geht. Rotgestrichene Blechdosen (ursprünglich vielleicht Bratheringe für Großverbraucher enthaltend) stehen mit Blattpflanzen darin vor einer Ladentür. Reserve-Gartenstühle steigen aus kühlfeuchten Schuppen ans Licht. Vor einem Bauernhof liegen mehrere alte Autoreifen flach, Erde darin und Blumen hineingepflanzt. Ein schlecht beratenes Dirnlein hat sich zum Einkaufen eine Cocktailschürze umgebunden, deren rustikalmondäne Motive an eine Hausbar in Wuppertal gehören. Neben dem Fahrplan an der Autobushaltestelle erscheint die Speisekarte des nahen Gasthauses. Maschendraht verhüllt den herrlichen Blick auf unsere Bachmündung: Ein Klein-Golfplatz mit kitschigem Gartenzwerg-Zubehör, Häuslein, Brücklein, etabliert sich dort. Der Drache des Fremdenverkehrs ringelt sich feuerspeiend bis vor unsere Tür! Wackerer Sankt Georg, steh uns bei!

10. Juni

Seit ein paar Tagen versuche ich, ein bestimmtes Musikstück mit Worten zu schildern, und es geht nicht. Erst jetzt fällt mir auf, daß die Stelle in Büchern, die davon handelt, wie eine Musik klingt, und was sie bei den Zuhörern auslöst, entweder nichtssagend oder kitschig ist. Wenn das Musikstück nicht beim Namen genannt ist, kann man nicht einmal unterscheiden, ob es sich um den Walkürenritt oder einen Straußwalzer handelt.

Die geräuschvollen Aufgeregtheiten, die »auch Musik« sind, könnte man ja mit »rauscht auf«, »schwingt sich in den Raum« oder schlicht mit »erklingt« abtun. Bei denen kommt's nicht darauf an. (Ich sehe noch Papa im Lehnstuhl neben dem Radio, geduldig lauschen, dann bedächtig abstellen und zu Mamas Couch hinüber äußern: »Gräßlich, dies leere Geklingel – sicherlich Liszt, ›Wasserspülung in der Villa d'Este‹«, worauf Mama jedesmal lachen mußte, obwohl sie den Scherz in fast fünfzig Ehejahren schon oft gehört hatte.)

Aber es gibt ja noch die andere Musik. Da spielen sie heute vormittag im Radio das Konzert für zwei Violinen von Bach. Ich sitze am Tisch und schäle Äpfel für Strudel. Nichts verändert sich im Zimmer, nicht einmal die Beleuchtung. Und solange die Musik da ist, spüre ich, daß trotz manchem Scheußlichen die Welt in Wahrheit zutiefst in Ordnung ist; ich will ein besserer Mensch werden, und es macht mir auch nichts mehr aus, daß ich sterben muß.

Und dafür reichen Worte nicht aus.

11. Juni

Da glauben einige, auf dem Land sei es leicht, Ausgleichssport zu treiben. Michael glaubte es bis vor kurzem auch. Er schlüpfte vor dem Frühstück in seinen Trainigsanzug und machte einen Waldlauf.

Das Wäldchen bei der Kiesgrube ist ja nicht weit. Der Weg dorthin jedoch beschwerlich. Zunächst riefen ihm die auf den Feldern arbeitenden Bauern ein wohlwollendes »Wo brennt's denn?« zu. Dann unterbrachen Spaziergänger sein rhythmisches Atmen mit der Frage, warum es denn gar so pressiere.

Eine Weile hielt Michael durch. Dann kam eines Tages der Ortspolizist, wegen seines Leibesumfangs das Fettauge des Gesetzes genannt, und fragte, was bei uns gestohlen worden sei. Wir schauten ihn verständnislos an. Zwei Jungen, so kam heraus, hatten Folgendes berichtet: »Aus der Hintertür von dem Holzhäusl am See ist ein Mann in Schwarz herausgestürmt und ist wie verrückt ins Wäldchen gelaufen. Dort hat er was Helles aus der Brusttasche gezogen und weit weggeworfen.

Danach ist er umgekehrt und hinter uns hergejagt, bis wir uns vor lauter Angst vor dem Dieb in einem Schuppen verkrochen haben.«

Michael konnte den Ortspolizisten beruhigen: der Dieb sei er, das Helle seine Hand gewesen. Er mache immer ein paar Atemübungen, ehe er umkehre.

(Dicki, der öfters auf diese Fabel hin angeredet wurde, gab gern die Auskunft, es sei uns ein Brillantenkollier weggekommen.)

Meine Ausgleichsübungen beschränken sich auf eine Sportart, die hier verstanden wird: aufs Sägen. Bleibt wirklich jemand mal am Zaun stehen und schaut herein, so äußert er tiefsinnig: »Soso, wird Holz geschnitten ...« Wer die Bayern kennt und liebt, wird diese Bemerkung als Zustimmung, Anfeuerung und Teilnahme werten.

12. Juni

Ein einziges Mal hatte ich in meiner Mädchenschule in der Tengstraße eine Eins in Physik geschrieben, und zwar über eine mehr technische Frage. Ich jubelte, weil ich hoffte, ich könne vielleicht doch etwas Technisches begreifen lernen. Es ist dreißig Jahre her. Und die Hoffnung war trügerisch. Ich weiß noch immer nicht, wieviel ich von etwas Technischem verlangen darf. Ich verlange, so sagen meine Männer, zu viel, nämlich, daß ein technisches Gerät immer unter allen Umständen funktioniert (was ich von mir niemals verlangen würde). Tut es das nicht, bin ich persönlich beleidigt.

Dann aber nehmen meine Männer das Ding in Schutz. Wenn ein fast nagelneuer Wagen auf lebhafter Kreuzung stehenbleibt und ekelhafte Rucke tut, als wolle er sich übergeben, so scheint ihnen »Dreck im Vergaser« eine hinreichende Entschuldigung. Mir nicht. Auch nicht »Sandkorn im Ansaugventil« für eine Pumpe, die nicht mehr Wasser fördern will oder »ein winziges Loch in der Ölleitung«, wenn der Ölofen leckt und stinkt. – Und noch jetzt, in einem Alter, in dem ich der Jugend ein Beispiel sein sollte, erwische ich mich dabei, daß ich gelegentlich wütend mit dem Fuß nach etwas Nicht-funktionierendem trete, obwohl es ein empfindliches Gewinde hat, und mit dem Hammer auf etwas draufschlage, obwohl es Gußstahl ist. Ich lerne es nicht mehr.

13. Juni

Hatten wir wirklich sechs Wochen Regen und Kälte? – Seit es heiß ist, streben täglich endlose Züge von Menschen zum See, alle an unserer Hecke vorbei. Ich in meinem Liegestuhl dahinter höre viel. Mehr, als ich will. Solange die Leute ihr Bad noch vor sich haben, sind ihre Unterhaltungsbruchstücke angesichts des blauen Sees ein freudiges, optimistisches Crescendo. Sie lachen überlaut, sie reden mit ihren Kindern ein albernes Duzi-Duzi-Deutsch. Sie möchten – man merkt es – die Welt umarmen. Und am Spätnachmittag kommen sie zurück. Die Kinder sind nun sonnenmüde und quengelig. Sehr viel Geduld haben auch die Eltern nicht mehr. Und wenn zwei Frauenspersonen hintereinander den Fußweg entlangmarschieren, dann höre ich aus ihren Wechselreden, daß sie plötzlich nicht nur den heißen, staubigen Heimweg vor sich sehen, sondern auch Urlaubsende und hohe Rechnungen, Krankheiten und Alter, Alleinsein, Ungerechtigkeit und Verständnislosigkeit der Welt. Sie ahnen nicht, was sie alles verraten.

15. Juni
Das Getreide blüht und duftet wundervoll, nach Brot und Blumen. Es steht höher als ein Mann und hat – besonders der Roggen – ein melancholisches Blaugrün, wie Fische, die man tief drunten im Wasser verschlafener Schloßteiche sieht.

16. Juni
Unser Bandgerät, das so getreulich all unsere Lieblingskonzerte unter den verschiedensten Dirigenten aufgenommen, Auszüge aus Büchern und lange Vorträge registriert hat, dient seit gestern einem besonderen Sport. Wir produzieren ein Hörspiel selber – nach erhabenen Vorbildern. – Das Wichtigste dazu ist unser Wäschekorb. Wenn man seinen Deckel langsam öffnet, dann quietscht, knarrt und jault er derart unheimlich, daß einem sofort die Szenen in den Gruselfilmen einfallen, wo etwa ein einäugiger Buckliger aus einem schummerigen Bodenraum tritt. (Wir wollten den Wäschekorb schon Hitchcock zum Kauf anbieten, der hätte Freude dran, aber wir fürchteten Zollschwierigkeiten.) Ferner benutzen wir den alten Küchenwekker, den wir auf einen leeren Marmeladeeimer set-

zen. Dort tickt er gehetzt, überlaut und gequält. Man wartet auf einen gellenden Schrei. Der kommt auch noch. Dickis Gummistöpselpistole ist ganz gut, macht aber einen zu matten Knall. Was noch: ein Kamm mit Seidenpapier umwickelt, einige in verschiedenen Stimmlagen aufgesagte Gedichtzeilen, elektronische Musik aus Studiosendungen, das Tuten des Telefons bei abgehobenem Hörer.

Wir fangen ja erst an. Bei unserem gestrigen Versuch sind die ganzen Vorbesprechungen mit auf das Band geraten, weil wir zu früh das Mikrophon eingeschaltet hatten. Das ist die beste Fassung bis jetzt.

Ich würde das Ding ja gern zum Festival für zeitgenössische Kurzopern schicken, aber seit es in München diesen Skandal gegeben hat, mit Kunst, die nicht Kunst war, sondern nur Leute verulken sollte, trau' ich mich nicht. Womöglich bekäme es einen Preis.

18. Juni

Ein Fachmann ist gekommen und hat uns zu unserem »Hörspiel« das Wichtigste gesagt, nämlich den Titel. Es soll heißen: ›Studie römisch Drei mit zwei Akzenten. Unter Mitwirkung des Instituts für Molkereigeräusche. Es dirigiert ...‹ (Wir müssen noch eine Berühmtheit dazu finden.)

19. Juni

Die dreizehn Schuljahre unseres Jungen sind zu Ende. Waren sie eigentlich lang oder kurz? Es ist so viel geschehen seit dem Tag, an dem wir ihm die umgearbeitete alte Aktentasche als Ranzen umhängten. Seine Reife in Griechisch und Latein wird ihm schriftlich bestätigt. Ob er sie später einmal brauchen wird? Sicherheitshalber habe ich ihn noch einer privaten kleinen Reifeprüfung unterzogen, um festzustellen, wie er als Reisebegleiter, als Autofahrer, als Organisator, als Tourist funktioniert. Ich habe mich von ihm im Wagen durch Niederbayern fahren lassen. Zuerst war mir beklommen zumute. Führerschein hin und her, eben noch saß er hinten auf meinem Fahrradträger und hielt sich am Gürtel fest. Dann aber war ich begeistert, mit einem erwachsenen Sohn zu reisen. Keine Wallfahrtskirche, keine Burgruine war uns zu abgelegen. Auf engen Feldwegen drangen durch die heruntergelassenen Fenster Getreidespelz und Pferdefliegen in den Wagen. Regensburg war ein Backofen. Mit Genuß sahen wir all das gründlich an, was Kühle versprach: Kirchen, Kreuzgänge, Rathäuser, das bezaubernde Marstallmuseum. Im Thurn und Taxis'schen Palais wurden gerade die Dienerfräcke gelüftet und geklopft. Etwas faltig geworden und nach Naphtalin riechend baumelten sie an der Leine. Wir wohnten im alten Bischofshof. Im Zimmer war eine Temperatur wie in den

Geständniskammern mittelalterlicher Burgen. Abends lagen wir nebeneinander im Fenster und schauten hinauf in das zerklüftete Gebirge der Türme und Türmchen des Doms. Aus dem Hof stiegen Wolken von Essensgerüchen herauf: Kalbsbraten mit Beilagen, Bier, geröstete Zwiebeln. Als das Gewitter dann doch noch kam, stoben Dohlen, Tauben und zerbrochene Ziegel in die Nacht hinaus. Tischtücher und kalte Platten flogen den spät Tafelnden um die Ohren. Kühler wurde es nicht. – Wer wird die nächste Frau sein, die mit Dicki im Fenster eines Hotels lehnt und auf einen nächtlichen Dom blickt? Ein flüchtiger Gedanke hat uns gestreift, unwirklich und geschwind wie eine Sternschnuppe.

22. Juni

Wir brachen sehr früh auf, weil wir wieder mit blödsinniger Hitze rechneten (bis Mitte Juni haben wir geheizt. Und so was will ein gemäßigtes Klima sein!). Wer hätte bei so einer Morgenfahrt nicht an den ›Taugenichts‹ gedacht. »Wir flogen über die glänzende Straße fort, daß mir der Wind am Hute pfiff ...« In dieser Stimmung entdeckten wir ein Schloß am Wege und schlichen uns, den Finger zwischen den Seiten eines klugen Reiseführers, in den Hof, um die berühmte Schloßkapelle zu sehen. Um diese Stunde, so meinten wir, störten wir sicherlich noch niemanden. Unter den Arkaden aber erschien unvermutet ein kleiner Junge mit dem seltenen Namen Filippo, der sich auf den Schulweg machte, und eine Dame, die ihm Ermahnungen mitgab und uns mit wenigen Worten erklärte, warum wir die Kapelle nicht fanden: wir waren im falschen Schloß. Die Schloßherrin jedoch war früh um halb acht schon so nett, adrett und liebenswürdig wie manch einer nachmittags noch immer nicht. (Mephisto hätte gesagt: »Nicht jede Gräfin hält so rein...«) Wir hätten ihrer Einladung zum Frühstück folgen sollen, aber wir hatten Angst, der Tag würde uns zu kurz. Außerdem hatte ich eine Laufmasche und Dicki einen zerknitterten Hemdkragen. – Als sie mit uns über die Schloßbrücke bis zur Allee ging, die ursprünglich noch zu Ehren Napoleons gepflanzt worden war, kam die Sonne hinter einer Hitzewolke hervor. Es blieb Eichendorff bis zuletzt.

24. Juni

Ich lese in der Zeitung, daß man jenseits des Eisernen Vorhangs den Hühnern Spritzen gibt, damit sie aufhören zu gackern und dafür mehr Eier legen. Es wäre mir ein entsetzlicher Gedanke, nicht mehr gackern zu dürfen, wenn ich mein Soll erfüllt habe. (Die Eier sind auch bestimmt nicht haltbar, wenn man sie einlegt.)

30. Juni

Wo sind nur all die Pilze geblieben, die sonst um diese Zeit in den Wäldern wuchsen (sofern man früh genug aufstand und rechtzeitig vor den Pilzweiblein da war). Sie sind nicht schon gepflückt, man würde Spuren sehen. Irgend etwas hat in Krieg oder Nachkrieg die Myzelien tief drunten unter den federnden Nadelmatratzen zerstört. Sollen auch Pilze zu den unwiederbringlichen Jugenderinnerungen gehören wie die kurzen, kalten Winter, die langen, trockenen, heißen Sommer?

1. Juli

Heute sticht mir eine Schlagzeile ins Auge. Heidi im Harem. Es klingt nach dem dritten Band eines bekannten Kinderbuches, handelt sich aber um die kleine Gastwirtstochter Heidi Dichter aus Kiel, die nun zu ihrem Ölscheich gezogen ist und als rechtmäßige vierte Haupt-Mittel-Nebenfrau in einem eigenen Palast wohnen wird. Der Scheich hätte mehrere Millionen Entschädigung zahlen müssen, und nun kommt die Sache billiger. Teurer jedoch für das Mädchen. Hätten nicht die interessierten Parteien die Entschädigung hochgetrieben, so wäre sie nach Abflauen des Schlagzeilensturms vielleicht mit einem netten, jungen Mann glücklich geworden, der ihre Sprache spricht und mit dem man wirklich leben kann.

Aber die Vorstellungen von »wirklich leben« sind eben verschieden.

3. Juli

Das lila Zeug, das mit seinem Honigduft alle Schmetterlinge anzieht, mein sogenannter Sommerflieder, blüht nun über und über. Die Japaner sagen, wenn ein Strauch blüht, soll man ein Fußbänkchen nehmen und es darunter stellen und dort eine Tee-Einladung für sich selbst geben. Das ist sehr weise. Wie oft blüht ein Busch umsonst, weil man sich gerade über die Berlin-Krise oder die Umsatzsteuer aufregt und gar nicht recht hinschaut. Das Fußbänkchen ist leider beim Johannisbeerpflücken unter mir zusammengebrochen. Aber heute abend nehme ich den Fußabstreifer und setze mich unter den Sommerflieder und tue fünf Minuten lang überhaupt nichts, nicht einmal denken.

4. Juli

Der eine Johannisbeerbusch trägt so kümmerlich. Man wird ihn ausreißen müssen. Schade. Die Johannisbeerernte war, als wir noch alle vollzählig beisammen waren, die Quintessenz des Sommers. Unzählige Erinnerungen verbinden sich mit ihr. In Häusern mit überwiegend weiblichen Insassen kocht man aus ihnen Gelee und Marmelade. Wo Männer regieren, wird Wein angesetzt. Bei uns auch.

Das Haus krankte ja immer schon an Überforderung. Außer Versuchsbäckerei und chemischem Labor sollte es damals auch noch Kelterei sein. Unsere winzige Küche war natürlich viel zu klein, um bis zu drei Männern Asyl zu bieten, die Wein ansetzten. Bruder Leo kam selten ohne eine neue, verbesserte Küchenmaschine zum Zerkleinern und Durchtreiben der Beeren. (Nach getaner Arbeit durfte ich sie auseinandernehmen, reinigen und in ihre Originalschachteln verpacken. Besonders diejenigen, durch die nur eine Handvoll Rohmaterial gejagt worden war und die dann mit dem Ausruf: »Das Ding arbeitet ja völlig unrationell« verworfen wurden.)

Trotz sanften Protestes seitens des penibel gepflegten Michael, der ungern grüne Stengelchen und zerquetschte Beeren in seinen Haarbürsten findet, wurde das Badezimmer in den Fabrikationsprozeß einbezogen. Der Handtuchverbrauch stieg stark an, da sämtliche Männer die Gewohnheit hatten, sich die safttriefenden Hände nur kurz unterm Hahn abzuspülen und dann an allem abzutrocknen, was länglich von der Wand hing. Die Klinken und Griffe klebten im ganzen Haus. An Staubsaugen und Kehren war nicht zu denken, denn überall standen Glasbottiche mit den empfindlichen Gär-Spunden. Die anderswo eingesparte Zeit brauchte ich für kleinere Arbeiten, die mir nun zufielen. Der Johannisbeersaft, der so stark färbt, hatte die Neigung, sich durch die Ritzen des altersschwachen Küchentisches ins Besteckschubfach darunter zu ergießen. In dem begreiflichen Drang, wenigstens diejenigen Dinge zu verstauen, die heuer nicht mehr gebraucht wurden, versuchte ich mir einen Quadratmeter freien Raum zu erkämpfen. Hierzu jedoch war meist eine Parlamentssitzung des Plenums notwendig. Was der eine schon verworfen hatte, brauchte der andere zur Aufmunterung seines träge gewordenen Gärbottichs. Zuckerlösungen wurden angesetzt und ein bißchen davon verschüttet: Miezi ging nur noch in Synkopen. Erst viel später erfuhr ich, daß ich den abscheulich riechenden Eimer im Bad ruhig hätte weggießen dürfen, denn der enthielt, im Unterschied zu allen übrigen, wertlosen Treber.

Nach einer Weile trat eine Kampfpause ein. Ich wischte mit einem feuchten Lappen um die kostbaren Glasbottiche herum, aus denen es an warmen Tagen unermüdlich überschäumte. Es gluckste in den Wohnzimmerecken, als hielten wir Enten oder Frösche. Eines Mittags hieß es, nicht nur das Wohnzimmer naß wischen, sondern auch sofort alle nur verfügbaren Flaschen spülen. Heimlich trug ich Hohlmaße, in denen sich Wasserglas,

Lebertran oder Olivenöl befunden hatte, zur Abfallgrube, um sie nicht reinigen zu müssen. Mehrere Waschkörbe voller Flaschen füllten Küche, Bad und Diele. Da ein Waschkorb dem anderen aufs Haar gleicht, kam es natürlich vor, daß Bruder Leo seine Extra-Cuvée in die noch nicht gespülten Flaschen füllte. Es fiel fast gar nicht auf. Ich kochte Korken aus, und Papa trieb sie in die Flaschenhälse. Die Flaschen leuchteten rot und sahen sehr echt aus. Es war ein schöner Augenblick.

Nun sollten sie lagern. Um dies zu erreichen, versteckte ich einige im Kleiderschrank, weil sie sonst den Probierabenden zum Opfer gefallen wären.

O diese Probierabende! Bruder Leo kostete und meinte, daß der heurige Jahrgang doch ziemlich stark nach Mäusen schmeckte.

»Das würde nichts machen«, meinte Papa und schwenkte sein Glas gedankenvoll, »aber er ist so sauer.«

»Findet ihr nicht«, wagte Michael einzuwenden, »daß er einen Essigstich hat?«

Ich drückte ihm unter dem Tisch die Hand, weil ich wußte, daß er mir mit dieser Bemerkung den ganzen Zirkus im kommenden Jahr ersparen wollte. Doch das Äußerste, was er erreichte, war, daß einige Flaschen normaler Rotwein beim Krämer gekauft und dem Gesöff zugesetzt wurden. Bruder Leo pflegte dann sein Glas zufrieden gegen das

Licht zu halten. »Einen leichten Nierenbefund hat er ja«, sagte er, »aber das gibt sich.«

Lag es daran, daß wir an den Probierabenden uns alle zusammen in die Eckbank drängten, uns so gemütlich fühlten: Ich bekam von dem Produkt der gemeinsamen Anstrengungen fast so etwas wie einen Schwips. Ich vermochte herzlich und unbeschwert zu lachen, als Michael eine ungeschminkte Darstellung des Schriftstellerberufs gab, ja ich fand unser Los hochinteressant und beneidenswert. Ha, dachte meine innere Stimme, was wäre gewesen, wenn du einem Industriekapitän hättest ein großes Haus führen müssen? Du, die du nicht mit Dienstboten umgehen kannst? Oder einem Diplomaten? Weißt du überhaupt, worüber man sich mit einem päpstlichen Nuntius unterhalten kann? Keine Spur! – Prä-destiniert war ich für meinen Beruf als Schriftstellersgattin, das war das Wort, prädestiniert, wenn ich es auch im Moment nicht fehlerfrei aussprechen konnte. – Mama zum Beispiel, die ein Juckergespann auf einem engen Hof wenden konnte, hatte zu Papierkram nie ein Verhältnis gehabt. Als Schreibkraft wäre sie ungeeignet gewesen. Wir hatten sie dabei erwischt, wie sie die Quittung des Lichtmannes einmal unter L = Licht, einmal unter E = Elektrizität und einmal unter A = Amperwerke ablegte. Bat man sie, in Michaels Romanen Korrekturen zu lesen, so gab sie sich riesige Mühe, fand auch hie und da einen Fehler, wurde die Geschichte aber richtig spannend, so ließ sie alle Druckfehler drin. – Ja, gegen das Licht gehalten, schien der Johannisbeerwein die rosige Brille zu sein, durch die betrachtet die Gleichung meines Lebens restlos aufging. Just in diesem Augenblick bemerkte Michael zu Bruder Leo: »Verstehst du, man muß eine gute Sekretärin heiraten, das spart enorm, und das Geld, das man nicht hat, bleibt wenigstens in der Familie . . .«

»Laß ihr doch die Schreibmaschine vorne aufs Fahrrad montieren«, schlug Leo vor, »dann wird sie wirklich voll ausgenutzt, weil sie doch blind schreiben und freihändig radeln kann.«

»Laß sie nur, sie ist schon brav«, glaubte Papa mich verteidigen zu müssen (ich hatte ihm am Morgen einen Spezial-Haferbrei nach seinen Wünschen gekocht). Dann erhob er sich, ließ sich von uns allen küssen und meinte abschließend: »Weckt mich in ungefähr zwei Stunden, damit ich mich auf die andere Seite dreh', eh das Zeug mir ein Loch in die Magenwand gefressen hat.« Kein Marsala hätte uns so in Stimmung bringen können. War der Wein nicht das Symbol des ausgehenden Selbstbastel-Zeitalters, ein Sinnbild der in der Familie verwurzelten Experimentierfreudigkeit? Wußten wir, daß wir schon bald nicht mehr so zusammensitzen würden? Wir ahnten es vielleicht. Wie lange das nun schon her ist!

Ich schaue den verkümmerten Johannisbeerstrauch an. Eigentlich ist es rührend, daß er überhaupt so lange weitergetragen hat. Ich will ihn morgen ehrfürchtig ausgraben und eigenhändig in der Grube verbrennen. (Den daneben, der so mikkert, vielleicht auch gleich?) Die übrigen Büsche reichen völlig aus.

Jetzt wird ja schließlich nur noch Gelee gekocht.

5. Juli

Unter unseren jetzt sehr zahlreichen Besuchern sind auch solche, die man Manager nennen könnte. Mit ihnen machen wir den Froschtest. (Der wirkliche »Froschtest« ist natürlich ganz etwas anderes und sollte treffender Storchtest heißen.) Wir führen sie in unser kleines Moor, das sehr hübsch und ganz nah ist. Bei unserer Annäherung erzittert der torfige Boden, und die Frösche springen kopfüber ins Wasser und hören auf zu quaken. (Da sie ja weder giftig sind noch Stacheln oder Zähne haben, können sie gar nicht vorsichtig genug sein.) Es dauert eine geraume Weile, ehe sie wieder auftauchen und quarren. Sagen unsere Gäste nach wenigen Minuten: »Na ja, sehr nett, nun wollen wir mal weitergehen«, oder »Tja, sie haben wohl heute keine Lust mehr, die Frösche«, dann gibt ihr Nervenzustand zu Besorgnis Anlaß. Geht aber einer leise in die Hocke und sitzt regungslos, entspannt und lauschend da, bis die Frösche sich wieder

Schimpfnamen zuzurufen beginnen, dann ist er vollständig gesund und ausgeglichen.

Als vorgestern eine riesige Hetzerei mit eiligen Arbeiten und Besuch und Einkochen war und ich mich dabei erwischte, bösartige Laute durch die Zähne zu zischen, wenn der Postbote kam oder ein Topf in der Küche überkochte, ließ ich alles liegen und ging zu den Fröschen.

Gelassen und erfrischt bin ich zurückgekommen.

7. Juli

Gestern waren wir auf einem Sommerfest. Von außen muß es wundervoll ausgesehen haben: die bunten Laternen auf den Tischen im Garten, die feierlich gekleidete Menge – wie in einem Zeitungsbericht. Warum nur war ich so müde und gelangweilt? Wo ist der Zauber früherer Feste geblieben? Liegt es daran, daß heute keiner mehr versteht, eine Unterhaltung zu pflegen, daß man so merkwürdig alleingelassen durch die Menge zieht? Interessiert es niemanden mehr, wer neben ihm auf die Tanzfläche oder ans kalte Büfett drängt? Tanzen deshalb alle Männer nur noch mit den Damen, die sie mitgebracht haben, und allenfalls mit der Hausfrau? Nach der Benehmensvorschrift soll man während des Abends mehrfach die Sitzgruppe wechseln, um auch andere Gäste kennenzulernen als diejenigen, mit denen man sich zunächst niederließ. Das ist sinnlos geworden. Man lernt niemanden mehr kennen. In die begonnenen Unterhaltungen (besser gesagt Monologe der Redegewandteren) wird man nicht mehr hineingenommen. An den Gastgebern liegt das nicht. Sie geben sich Mühe, sie murmeln lauter Namen. Aber die Gäste haben keine Ahnung mehr, daß sie mit ihrer Zusage zugleich auch Pflichten übernommen haben. Und wenn sie schon für die traditionellen Formen zu müde, zu faul, zu abgehetzt sind – was manchmal geltend gemacht wird –, warum hören sie dann mit der Tanzvergnügung nicht rechtzeitig auf? Warum bleiben sie bis früh um vier? Und da habe ich, als ich von meinen hinreißenden Tanzstundenfesten pünktlich wie Aschenbrödel und bitterlich weinend fortmußte, gewünscht, endlich erwachsen zu sein!

10. Juli

Gestern sagte ein kluger und gutaussehender Mann etwas sehr Schmeichelhaftes zu mir, und es ließ mich ganz ungerührt. Und am Nachmittag, als sich ein kleiner blauer Schmetterling nach langem Flattern zögernd auf meinem Haar niederließ, bekam ich Herzklopfen und errötete.

Noch vor zehn Jahren wäre es bestimmt umgekehrt gewesen.

11. Juli

Meine Obstaufbereitungsmaschine ist sehr sinnig konstruiert. Oben tut man die Johannisbeeren hinein, seitlich läuft der Saft heraus, und vorne, aus dem langen Rüssel, dringen die trockenen Kerne. Bei mir funktioniert sie aber nicht. Nach kurzer Zeit weigert sie sich, die Kerne weiter auszuspukken, und verstopft sich bis zum völligen Stillstand. (Damit es nicht heißt, es läge an meiner mangelnden Kraft, reiße ich so daran, daß der Verandatisch auf allen vieren hopst.) Als wir sie gestern zum drittenmal auseinandergenommen hatten, um zu sehen, woran es liegt, und uns der Saft schon vom Ellbogen tropfte, kam Besuch. (Von weitem meinte er, wir hätten eine Notschlachtung vorgenommen.) Ich habe mich zu einer jener spontanen Handlungen hinreißen lassen, für die wir Frauen berüchtigt sind. Ich habe die Maschine in die Abfalltonne versenkt.

12. Juli

Ich duze mich so ungern. Für mich ist das Du kein Zeichen für Intimität, kein Herzensbedürfnis, vielmehr eine Art Bequemlichkeit, wie das Dasitzen in Hemdsärmeln. Es ist mir gelungen, mit den meisten guten Freunden das Sie beizubehalten. Bei anderen kommen sogar Rückfälle ins Sie vor.

Neulich jedoch, auf einem Fest allgemeiner Verbrüderung, fingen die Männer untereinander an, sich zu duzen, weil sie sich nicht mehr klar waren, wen sie siezen und wen nicht. Ich konnte mich nicht ausschließen, man hätte mich für blöd *und* hochmütig gehalten. Hemmungslos duzte ich um mich, sogar das Dienstmädchen. Dann fuhr ich heim und siezte meine Familie.

13. Juli
Zum vierten Male hat man einen alten Menschen in unserem Dorf auf der Straße angefahren und getötet. Sie konnten es nicht mehr genau genug einschätzen, wie rasch so ein Auto ist.

Von Großmama stammt die Geschichte von dem Eingeborenenstamm, der seine Alten auf die Kokospalme schickt und unten am Stamm schüttelt. Wer sich noch festhalten kann, bleibt oben und am Leben. (Großmama schloß stets mit dem wehmütigen Scherz, nun sei es wohl bald Zeit für sie, auf die Kokospalme zu klettern.) Ein grotesker Gedanke, daß der moderne Verkehr womöglich bald an die Stelle der Kokospalmen treten wird.

14. Juli
Der Holunder wuchert über das Schuppendach. Ich mußte hinauf, ein paar Zweige abschneiden. Auf der obersten Leitersprosse schwebte ich über

der Landschaft mit ihrem Sommerfrischlerbetrieb. Drunten an meiner Hecke ging ein Mädelchen vorüber, sechzehnjährig vielleicht. Aus ihrem tragbaren Radio sang eine Männerstimme: »Bist du einsam heut nacht...«, entrang es sich dem Handköfferchen. Wie ich höre, ist dieser Schlager bei allen Teenagern ungeheuer beliebt. Was soll ihnen darin eigentlich eingeredet werden? Ich schaute, von Zweigen zerkratzt und behindert, dem Mädelchen von oben nach. Wenn du meine Tochter wärst, dachte ich, und etwa nachts *nicht* einsam ... Dir würde ich helfen!

15. Juli
Mir ist zumute wie der Heldin eines Illustriertenromans. Etwas Tolles ist geschehen. Ein Freund hat uns zu einer Kreuzfahrt auf dem Mittelmeer eingeladen. Kommenden Dienstag fahren wir nach Rapallo, wo das Boot liegt. Ein Motorboot von zwanzig Metern Länge, das Arabella heißt. Mir geht es seitdem wie dem Mann, der sich aufs Pferd schwang, um in alle vier Windrichtungen zugleich davonzugaloppieren: Ich lasse meinen weißen Plisseerock reinigen, mir die Haare kurz schneiden (wegen des Tauchens im Salzwasser), lese in Goethes italienischer Reise nach, wann, ob und wo auch er auf dem Mittelmeer kreuzte, und halte Auslese unter den Blumentöpfen, die ich zur

Nachbarin zum Gießen stellen muß. Der Glanz der großen Welt, der plötzlich auf mich fällt, blendet mich.

16. Juli
Ich habe am Erdbeerbeet entlang zwanzig Meter abgeschritten. So furchtbar lang ist das gar nicht. Und die Motorjacht hat so viele Kabinen: eine große mit Duschbad für den Captain und seine Frau, die Gästekabine römisch eins mit Waschraum für mich und die römisch zwei für Michael. Außerdem natürlich Salon und Küche, die nun Kombüse heißt, Mannschaftslogis und Kommandobrücke, Besenkämmerchen und Eisschrank. Wie geht das bloß alles drauf? – Als Michael mich im Garten stelzen sah wie den Storch im Salat, schritt auch er nochmals zwanzig Meter ab. Er macht viel größere Schritte. Nun kann ich es mir eher vorstellen. Aber so groß wie die Schiffe, auf denen die Callas reist, scheint die Arabella nicht zu sein. – Ob sie ein Rettungsboot hat? – Aber das Mittelmeer ist ja immer ruhig. – So ruhig wie unser See hier ist es natürlich nicht, sagt Michael. – Mir wird schon in der Schiffahrtsabteilung im Deutschen Museum schlecht. Ich bin zur Apotheke gegangen und habe mir mehrere Mittel gegen Übelkeit gekauft. Der Apotheker, ein diskreter Mann, hatte alle Mühe, mich nicht prüfend anzublicken.

17. Juli

Unser ruhiges Leben ist von Grund auf verändert. Bei Tisch würzen unbekannte Begriffe die Unterhaltung: automatischer Pilot für Nachtfahrten, Küstenfunk, Echolot, Schirokko. Ich denke darüber nach, wer die acht Tage, die der Junge hier alleinbleibt, ehe auch er abreist, für ihn Geschirr spülen wird. Gewiß, auch er spült manchmal, aber nicht so sehr ab, es bleibt öfters noch was dran. In seinem Alter glaubt man, daß ein Kochtopf nur an der Innenseite, ein Teller nur an der Oberfläche schmutzig wird. – Ich wurde ermahnt, angesichts einer Märchenreise nicht ans Abwaschen zu denken, sondern mich etwas mit Geographie zu beschäftigen.

Auf dem Teppich im Wohnzimmer liegt eine Karte der italienischen Küste. Man kann nicht mehr staubsaugen.

20. Juli

Wir sind tatsächlich abgereist. (Wer hätte nicht bis zur letzten Minute Zweifel!) Es war wie bei jeder Reise: Die ersten fünfzig Kilometer Autofahrt wurde ich innerlich mit aller Kraft nach rückwärts gezogen. (Habe ich die Hintertür wirklich abgeschlossen? – Ich hätte Dicki noch das hellblaue Hemd heraussuchen sollen...) Dann riß das Gummiband, das mich mit zu Hause verbindet, ich schwebte frei, dem Neuen zugewandt. Vielleicht allzusehr zugewandt. Von Zeit zu Zeit nahm ich mir vor, nur fünf Minuten lang die Augen zuzumachen. Es waren aber immer nur anderthalb. Alles war so schön und interessant. »Drum trinke, Auge, was die Wimper hält ...« Was tun, wenn gegen Abend die Wimper nichts mehr hält? Sehr langsam, gemeinsam schweigend, durch den Ort des erwählten Nachtquartiers gehen und den Abend nur mehr als Schattenspiel wahrnehmen, hilft meistens.

Donnerwetter, wie jaulten die Katzen nachts um das kleine Hotel! Gar nicht wie Katzen, sondern so, wie ein Komiker es nachahmen würde.

21. Juli

Wie kann man die Po-Ebene langweilig nennen, diesen riesigen sanft-grünen Garten. Mir liegt eben das Heroische weniger – auch bei Landschaften. Die Kurven des Apennin empfand ich besonders stark, weil mir schon morgens in Bergamo der Plastikverschluß meiner Sonnenölflasche zerbrochen war. In den Koffer legen konnte ich sie nicht mehr, und im Handschuhkasten fuhr sie bei jeder Kurve hin und her. Danach hielt ich sie in der Hand, aufrecht, um zu verhindern, daß das Öl in den Wagen floß.

Etwa bei Genua fand Michael, man merke doch,

daß meine Urahnin Schottin gewesen sei. (Arme Isabella Euphemia, so tapfer und so zäh, die 1812 den Brand Moskaus überstanden hat – ihrer wird nur gedacht, wenn ich mich gegen offensichtliche Materialverschwendung auflehne!)

22. Juli

Das Mittelmeer hatte von oben nicht nur sehr blau, sondern auch sehr ruhig ausgesehen. Nachts hörte man dann doch Brandung, so daß mein Mut wieder schwand. Man hörte auch sonst eine Menge. Das einzige Quartier, das wir an dieser überfüllten Riviera noch hatten bekommen können, lag über einer Garage mit Nachtbetrieb, wenige Schritte von der Eisenbahnstrecke Genua–Nizza. (Sehr dichte Zugfolge!) Die Wohnungsinhaber ließen die Tür zum Treppenhaus und sämtliche Zimmertüren offen, und mehrere Familien setzten sich, des geringen Luftzuges wegen, in den Korridor und draußen auf die obersten Treppenstufen. Auf dem Weg ins Badezimmer bekam man einen guten Überblick über die gängigsten Typen des italienischen Volkes.

Die Nacht war so laut und heiß, als hätten wir uns an einer belebten Straßenkreuzung neben einer Teer-Kochmaschine schlafen gelegt. An den Süden, sagte Michael tröstend früh um drei Uhr, müsse man sich immer erst gewöhnen. (Wie liebenswürdig er noch immer war, wo ich ihm schon mindestens dreimal nach innen rollend im Doppelbett ins Gesicht gefallen war. Diese italienischen Betten ...)

23. Juli

Dem Datum in unseren Eheringen nach sind wir heute zwanzig Jahre verheiratet, der Eintragung im Register der Gemeinde nach waren wir es schon gestern. So bleibt denn diese Diskrepanz als ewiges Denkmal für die damaligen dörflichen Hochzeitshindernisse bestehen. Zwei Tage sind dem Alltag entrissen, an denen wir einen legitimen Grund haben, besonders lieb zueinander zu sein. Vor zwanzig Jahren wurde uns, außer silbernen Obstaufsätzen und anderem Unnötigem, ein alter Ehevertrag geschenkt, der etwa 1800 zwischen einem gewissen Ferdinand und seiner Louise geschlossen war. Artikel fünf besagt, daß sich die Gatten »einander stets in wohlanstehender Bekleidung darstellen wollen«. Es ist wahrscheinlich derjenige, den ich am meisten verletzt habe. Ob allerdings Michael bemerkt hat, daß ich verschiedene Strümpfe anhabe (die jeweils übriggebliebenen Brüder von Laufmaschenpaaren), bleibt dahingestellt. (»Du bist der Widerhall, durch den mein irdisch Leben den Geist vernimmt, der in mir lebt, sonst hätt' ich's nicht, sonst wüßt' ich's nicht, wenn ich's vor dir nicht ausspräche«, sagt Bettina von Arnim.)

24. Juli

Prospero heißt der Wirt am Strande, bei dem man den guten Schinken mit Melone bekommt und unter dessen Sonnensegel wir uns in der Heiterkeit des nahen Aufbruchs mit den ebenso vergnügten Freunden zusammenfanden, ausgerechnet Prospero, wie der, der in Shakespeares ›Sturm‹ sagt:
»Ich will es allen kundthun und verspreche
Euch stille See, gewognen Wind und Segel
So rasch, daß ihr die königliche Flotte
Weit weg erreichen sollt ...«
Na, hoffen wir das Beste.

25. Juli

Wir sind an Bord gegangen. Weiß und strahlend wie ein Unschuldslämmchen lag die Arabella, unser Zuhause für die nächsten Wochen, in der Bucht von Rapallo. Durch einen dummen Zufall sind die zarten Beziehungen zwischen dem Schiff und mir gleich anfangs gestört worden. In der Nacht vor dem Auslaufen briste oder braßte es auf (oder wie das heißt, wenn plötzlich Wind geht), und da ich nicht gewohnt bin, ein ausgezeichnetes Abendessen in einem Rotor zu verdauen, dachte ich schon gegen elf Uhr – auf meinem Bett in der Kabine hin und her geworfen –, einen der Tiefpunkte meiner Existenz erreicht zu haben. An Deck war es dann etwas besser. Mit Tränen der Sehnsucht im Auge saß ich in einem der bunten Rohrstühle und sah zu den Lichtern an Land hinüber. Zweihundert Meter weit weg war festes Land. Drüben, im Exzelsior-Palast, wohnte zur Zeit die Exkaiserin Soraya. Zum ersten, ja wohl einzigen Male habe ich sie beneidet: um ihr stillstehendes Bett.

26. Juli

Die Leiden von gestern sind vergessen. Der unvergleichliche Augenblick der Ausfahrt hat sie ausgelöscht. Das Rasseln der Ankerkette, das Zurückgleiten der nun schon vertrauten Bucht, das Abenteuer des Aufbruchs ins Unbekannte, während die Sonne aufgeht. Es war mir ein dringendes Bedürfnis, laut zu singen. Wenn ich mich ganz hinten hinsetzte, dort, wo das Beiboot aufgehängt ist und die Kielwelle (heißt es so?) schäumt, hörte es niemand. Noch nach Stunden dachte ich, mir sei von den vielen Seekrankheitsmitteln so schwindlig, aber es war wohl doch Ergriffenheit angesichts des blauen Meeres, der bernsteinfarbenen, bunt getupften Küste, der fernen, großen Schiffe. Ich bin so wenig blasiert, daß es immerhin denkbar wäre.

Wir nehmen Kurs auf Elba.

27. Juli

Backbord ist links.

29. Juli
Wer hätte gedacht, daß Elba so gebirgig ist. (Dabei fällt mir plötzlich nach Jahren wieder ein, daß die Geographielehrerin, bei der ich nie aufgepaßt habe, Fräulein Siegmund hieß. Ich glaube, Geographie müßte man ganz anders unterrichten, nicht so langweilig und immerzu »fruchtbare Tiefebenen«, unter denen sich keiner was vorstellen kann. –) Die Häfen sind genau wie alle italienischen Häfen, bunt, schmutzig, mit ganz entzückenden alten Männern drin, die ihren Lebensabend damit verbringen, den noch arbeitenden jüngeren Fischern Ratschläge zuzubrüllen und im Schatten der fischstinkenden Boote ein Schläfchen zu machen.

30. Juli
Aus der verlassenen und zerstörten Festung von Porto Ferraio, die ich bisher nur als Stich aus dem ›Leben Napoleons‹ kannte, steigen in der Abenddämmerung Hunderte, Tausende von Fledermäusen und beschmutzen den zart apfelgrünen Himmel wie Fliegentüpfelchen ein Bild. Auf ein unhörbares Kommando stürzen sie sich allesamt in die staubig-räudigen Platanen, und man sieht sie nicht mehr.

1. August

Es sind fünf Männer an Bord: drei Stück Mannschaft, Captain und Michael. Alle fünf laufen immerzu von vorn nach hinten und wieder zurück. Dies scheint das Wesen der Seefahrt zu sein. Die zu jeder Tageszeit im Kabinenfenster erscheinenden haarigen Männerbeine kann ich jetzt schon mit einem einzigen Blick identifizieren.

2. August

Captain sagt, wir hätten solch ruhige Lage im Wasser, weil wir so viel zollfreien Whisky im Bauch haben. Ich finde unsere Lage nicht ruhig, mir ist konstant übel, aber durch alle Übelkeit hindurch kann ich mir bereits vorstellen, wie man nach diesem Tang- und Teergeruch, dem Schwappen und Platschen, dem sanften Atem des Meeres Heimweh haben kann, solange man lebt. – Der Whisky gibt mir jedoch die nötige innere Gelassenheit, und ich schlafe abends rasch ein und erwache erst, wenn der Wind umspringt und alle Schiffsinsassen gähnend und zerstrubbelt aufstehen und Erbswürste aus Stoff über die Reling hängen, die Fender heißen. (Die neben uns vertäuten Schiffe bedrängen uns dann plötzlich wie eigensinnige Rösser in zu engem Stall.)

4. August

Eine Jacht darf nicht liegen, wo sie will. Sie hat Parkraumschwierigkeiten, wie ein Wagen in der Innenstadt. Und ebenso wie dort über den schattigen Parkplatz neben dem Dom, freut man sich hier über die richtige Stelle an der Kaimauer, nicht zu weit von der Zapfstelle für Süßwasser, am allerliebsten zwischen zwei feststationierten Schiffen, die nicht erst nachts einlaufen und deren Ankerketten Michael und die Mannschaft nicht am nächsten Morgen alle mit hochleiern müssen, weil sie sich drübergelegt haben. Die Engländerin, die links von uns an Deck Aquarelle malt, malte gestern abend in der Dämmerung, als die jungen Männer sich landfein gemacht und von Bord weggestohlen hatten, noch immer.

5. August

Alle Nachrichten erreichen uns mit einer gewissen Verzögerung. Als wir hörten, daß Hemingway tot ist, zitierte ich – nicht wörtlich, aber doch ungefähr – die Stelle aus ›Schnee auf dem Kilimandscharo‹, wo der Sterbende plötzlich zu seiner Frau sagt, die Vorstellung, das Ende nahe uns in scheußlicher Gestalt, mit einem Totenschädel und einer Hippe, sei reiner Blödsinn. Es könne, so meint er, auch die Gestalt eines Schmetterlings oder zweier Polizisten auf Rädern annehmen. – Ich habe diese Stelle immer besonders gern gehabt.

Als wir uns danach schweigend anschauten, dachten wir alle das gleiche: Es ist unwichtig, wie und warum das Jagdgewehr losging. Man hat Napoleon einmal gefragt: »Welchen Tod wünschen Sie sich, Sire?«, und er hat geantwortet: »Den unerwarteten.«

6. August

Merkwürdig, *wie* schmutzig es an den Ufern ist. Prachtvoll gewachsene junge Schönheiten, nur notdürftig bedeckt (was man keineswegs bedauert), stellen ihren Liegestuhl an einem »Strand« auf, den ich als breitgetretene Abfallhalde empfinde.

7. August

Nachts scheinen mir riesige Sterne von oben aufs Kopfkissen. Sie heben und senken sich ganz langsam innerhalb der Fensteröffnung. (Ja, vor dem Tau soll man sich hüten, man kriegt Rheuma davon. Nun, das habe ich schon.) Die Flecken in meinem weißen Plisseerock sind alle Öl, sagt Gustav, der Maschinist. Der weiß es bestimmt. Die in allen Farben spielenden blauen Flecken an mir selbst stammen von der Bettkante (wenn unvermutet eine Welle kam), von der Tür zum Waschraum und vom Niedergang zur Kombüse.

8. August

Das Reklamethermometer des Uhrmachers von Porto Azzurro zeigt 32 Grad. Der Hafenkommandant, sehr schick, mit weißen Shorts (er sieht entfernt Vittorio de Sica ähnlich), findet, es sei für Elba um diese Jahreszeit erfrischend kühl. Die gebratenen Makrelen schmeckten trotzdem.

9. August

Wo sind die gepflegten Frauen um die vierzig, die man in Amerika »matron« nennt, die aber noch keineswegs Matronen sind und auch nicht sein wollen? Wir sehen hier nur bezaubernde Teenager mit allem Schmelz der Jugend, schick angezogen, kokett und selbstbewußt. Und dann die aus dem Leim gegangenen, schwarzgekleideten »mammas« mit fettigen Haaren und Knopflöchern. Gibt es hier kein Zwischenstadium? Hört man hier, wenn man erst einen Mann fürs Leben festgenagelt hat, gänzlich auf, etwas für sich zu tun?

10. August

Ich habe daheim in Seeham manchmal die Saison als »laut« bezeichnet. Das ist ein relativer Wert. Hier tönen aus drei Musikboxen sechzehn Stunden täglich Schlager, aus der Bar Nettuno am lautesten. Motorräder knattern bis zwei Uhr nachts. (Jeder

Jüngling zeigt seinem Mädchen als Sensation die fremden Jachten am Kai und wünscht sich darauf mit ihr in die Ferne, eben die Ferne, aus der wir kommen.) Früh um drei fahren bereits die Fischer aus und brüllen sich Aussichten und Ansichten zu. Auf den ringsumher vertäuten Schiffen werden sehr lebhafte, lärmende Feste gefeiert. Ich kann mich noch immer nicht daran gewöhnen, daß zwischen mir und diesen Festen nur die Fender und zwei Meter Wasser liegen. Tief erstaunt sehe ich, wie Michael sich im Getöse unzähliger Phon mit dem selig-gelösten Ausdruck eines satten Säuglings auf einer Matratze zusammenrollt und einschläft. Er ist schon so braun, daß Handflächen und Zehenspitzen etwas peinlich Rosiges haben, wie bei Eingeborenen. Gut, daß wir Farbfilm in der Kamera haben.

12. August

Der Badestrand hier hat eine große Ähnlichkeit mit dem Pavianfelsen im Zoo. Frauen und Kinder wimmeln, starr beaufsichtigt von den wenig schönen, sehr bunt in Bademäntel gehüllten Männchen. Waagrechte Flächen sind rar, auf dem besten Platz stehen die Kofferradios. Die Felsspalten sind voll von Papier und Schlimmerem. Wir gingen recht schnell ins Wasser.

Mit dem Schnorchel komme ich immer noch

nicht zurecht. Die Wellen schlagen mir immer gerade dorthin Wasser, wo nur Luft hereinkommen soll. Ich krabbele angstvoll nach Grund, um mich aufzurichten und die Maske auszugießen. Habe ich damit gerade beide Hände voll, so kommt die übernächste Welle und schleudert mich unsanft gegen das vulkanische Gestein, das schneidet wie Rasierklingen. Bei Eingeborenen soll gerade das Meerwasser solche Wunden schnell zur Heilung bringen. Bei mir tut es das nicht.

14. August

Seit gestern ist Schirokko. Man wird ständig wie durch den Haartrockner gerissen und trinkt viel. Beim Waschen der berühmten »kleinen Wäsche«, deretwegen Frauen an Bord nicht beliebt sind, flog uns das Waschpulver buchstäblich um die Ohren. Die Arabella schaukelte derart, daß ich mich schließlich in den Schalterraum des Postamts am Kai zurückzog. Die wackeren Mannen brachten mir belegte Brote dorthin und trösteten mich, ihnen sei es auf den ersten Seereisen ähnlich gegangen. Zunächst genierte ich mich vor dem Postbeamten, aber was sind schließlich belegte Brote im Amtsraum in einem Lande, in dem jeder niederfällt und schläft, wo es ihm gerade paßt und den Parteienverkehr über sich hinwegsteigen läßt.

15. August

Neben uns liegt der Segler, in dem die Callas gereist ist. Von seinen technischen Details verstehe ich nichts, aber an Deck standen feudal aussehende Stühle um eine gewaltige Bronzevase mit Gladiolen. Viel größer als die Arabella ist das Ding nicht, und nach Dieselöl stinkt es auch. Wen wundert es, daß die Callas sich schließlich jemandem zugewandt hat, dessen Schiffe wirklich komfortabel waren: Onassis. Ich hätte es an ihrer Stelle auch getan.

Captain, auch Klabautermann genannt, will Elba verlassen und uns morgen eine Überraschung zeigen. Da man nicht weiß, was für eine Überraschung es ist, habe ich sicherheitshalber mal den weißen Plisseerock entfleckt.

17. August

Wer hätte das gedacht: Klabautermanns Überraschung war eine Insel! Pianosa heißt sie, eine wahre Operndekoration: Hafen mit stark befestigten Palazzi, Torbogen in die rückwärtige Kulisse, für den Auftritt der Räuberbraut. Der Chor der Piratenfrauen sang, als wir uns näherten. Das Nadelöhr der Einfahrt ließ Captain die Stirne runzeln. Auch die wackeren Mannen und Michael bekamen den abwesend starren Gesichtsausdruck, den Männer bei technisch kniffligen Höhepunkten ihres

Lebens zeigen. Klabauterfrau und ich verschwanden nach drunten, als sich ein schrapendes Geräusch erhob. (Ein Atavismus: Frauen an Bord brachten früher Unglück. Während der Landemanöver heitere Bemerkungen über Land und Leute zu machen ist unwillkommen.) Eng umschlungen, die Hüfte in etwas übriggebliebene kalte Spaghetti gestützt, warteten Klabauterfrau und ich, bis die Leinen ausgeworfen waren. Es wurde still. Man hörte, daß der Frauenchor hinter den schwer vergitterten Fenstern sang »A casa, a casa« = nach Hause. Eine Gruppe Uniformierter näherte sich eilenden Schritts. Wir stellten uns in Positur, um Glückwünsche wegen des ausgezeichnet gelungenen Landemanövers entgegenzunehmen. »Sind Sie in Seenot?« fragte man barsch, »wenn nicht, laufen Sie gefälligst sofort wieder aus.«

Die ganze Insel war ein Frauengefängnis. Ich konnte gerade noch die Hafenkatze streicheln, mißtrauisch beäugt, ob ich ihr nicht ein Kassiber umbinde. Fünf Minuten später waren wir auf dem Wege nach Korsika.

18. August

Was uns jetzt den Magen in die Ohren drückt und die Rachenmandeln in die Kniekehlen, ist gar keine bewegte See, sagt mir Michael, sondern eine alte Dünung von gestern. Es ist kein Trost.

19. August

Mehrere Fahrtstunden lang lag ich in Decken verpackt in der äußerst bewegten frischen Luft an Deck und versuchte, nichts wahrzunehmen. Wenn Michael kam und dicht an meinem Ohr fragte, wie es mir denn ginge (womöglich mit einem Pfefferminzbonbon im Mund), brauchte ich meine ganze Kraft, um mich daran zu erinnern, daß ich ihn aus Liebe geheiratet habe.

Diese nur schwach flackernde Selbstdisziplin wurde stärker angefacht, wenn Klabautermann oder Klabauterfrau sich mit mir beschäftigten. In elendem Zustand mit unserem Nächststehenden höflich und liebenswürdig zu sein, scheint recht schwer. Ich glaubte, einem Geheimnis menschlichen Zusammenlebens auf der Spur zu sein, aber mir war viel zu übel, um den Gedanken weiter zu verfolgen.

20. August

Es ist mal wieder überstanden. Glatt wie Öl (nein, an Öl darf ich noch nicht denken!) strebte die Arabella die letzte Stunde dem schartigen, ehrfurchtgebietenden Korsika zu. Wo würde der Hafen liegen? Wie hatte er überhaupt noch Platz unterhalb dieser Hochgebirge? (Auch als Korsika in Geographie drankam, war ich ausschließlich damit beschäftigt gewesen, die Initialen eines Tanzstundenherrn in die Bank des Lyzeums zu schnitzen.)

20. August abends

Vieuxport gleicht einer Wabe aus überhohen Häusern. Spielende Grautöne über stinkendem Wasser, das Ganze von Schmutz und Verfall schillernd wie Perlmutter und doch herzbewegend schön. Ich erkannte es sofort: es ist der Hafen aus der ›Prinzessin Anthaja‹, Michaels letztem Roman. »Warst du schon mal hier?« rief ich ihm zu, als wir einfuhren und er gebückt über der Ankerkette stand. »Nein«, sagte er, selber erstaunt. »Wieso hast du es dann so genau beschrieben?« – »Weiß ich auch nicht«, meinte er bescheiden und kümmerte sich um Backbord und Steuerbord.

Mit Schriftstellern muß man reisen. Da erlebt man Überraschungen.

21. August

Italienisch konnte ich nur ein bißchen verstehen, wenn ich mit Klabauterfrau einkaufen ging (die als Inbild blonder Schönheit gelten darf und mit einem mezzokilo Kalbsschnitzel auch immer gleich ein mezzokilo wohlverdienter Komplimente feuriger Fleischhauer mitbekommt). Sprechen kann ich kein Wort. Seit gestern sind wir im französischen Sprachraum. Das erste schmutzige Kind, das auf dem Kai seinem Teddybär das Laufen beibrachte, verstand mich und lächelte. Der Perlenvorhang der Sprache teilte sich und ließ mich ein in das fremde Land.

23. August

Überall Napoleonstatuen, Napoleonandenken. Auf dem Promenadeplatz in Bastia sitzt er halbnackt auf einem Marmorsessel, ein marmornes Badetuch umgeschlungen, einen Speer in der Rechten, als käme auch er vom Fischestechen. Um ihn herum ergehen sich, zu zweit und dritt, Arm in Arm, die jungen Mädchen. (Ich kann nicht unterscheiden, ob sie 13 oder 20 sind.) So manche Rassenmischungen hat der Hafen Bastia im Lauf der Zeit zusammengetragen. Honigfarbene Haut, die geschwungenen »Hindinnenaugen«, die daheim die Mannequins sich mit viel Mühe anschminken. Und Taillen! Taillen wie die Oberschenkel der Seehamer Weiblichkeit.

25. August

Die Molenmauer hat die Sonne gespeichert. Im Salon der Arabella zeigt das Thermometer 30 Grad. Selbst in der Hafenkirche ist es erschreckend und ungewohnt lauwarm. Bis Mitternacht sitzen wir an Deck, ganz gelöst, ganz zufrieden. Wie viele Seelen- und Körperkalorien ich daheim immer verbrauche, nur damit mir warm ist! – Manchmal erzählt einer was (halblaut, weil man uns an Land und auf den anderen Schiffen hören kann), ein Zigarettenfünkchen glimmt. Wir überlegen, wie unendlich leicht man Menschen von Hafen zu Hafen, von Land zu Land schmuggeln könnte. Wie aufregend das wäre; welche Komplikationen es gäbe, wenn es ein verfolgter Kronprinz, ein schöner, junger Potentat (ein gestürzter) wäre und wir ein junges Mädchen an Bord hätten. Ein Filmstoff vielleicht. Ein heiterer Sommerroman. – Mit leichtem Zerren, rheumaähnlich, meldet sich aus der Ferne der Existenzkampf und die Lage des freien Schriftstellers. Aber das alles ist so weit fort.

29. August
Am Kai ist ein kleiner Altar, eine nachgemachte Lourdes-Grotte. Eine schwarzgekleidete, zahnlose alte Korsin, deren Mann auf dem Meer geblieben ist, zündet jeden Abend Kerzen davor an. Sie brennen lange, bis gegen Mitternacht. Die Bevölkerung, die keine Lust hat, in ihre Backöfen von Wohnungen heimzukehren, pilgert davor hin und zurück. Die Alten und die Schwangeren bleiben stehen oder schlagen das Kreuz, die Kinder hebt man hoch, und sie werfen der Jungfrau eine fette schmatzende kleine Kußhand zu. Die jungen Liebespaare aber gehen abwesend und miteinander beschäftigt vorüber. Wie rührend sie sind in ihrer trotzigen Zuversicht, aus dem ewigen Kreislauf ausbrechen zu können.

30. August

Die anderen schnorcheln stundenlang. Man sieht von ihnen nur das Lämpchen des Schnorchels und den Bade-Hosen-Boden über der Wasseroberfläche dahinschleichen. Klabauterfrau hat sich in einen jungen Rochen verliebt und schwimmt vor und nach Tisch zu der Stelle, wo er im Sand liegt und vergnügt nach oben schielt.

Man kann auch unter Wasser schwindlig werden. Abgründe grünlichblauer Tiefe, in denen Algen wehen, lassen mich erschrocken auftauchen. Aber es ist wunderbar, den Fischen so nah ins Gesicht zu blicken und zu spüren, daß die Sonne auch sie wärmt, nicht nur uns.

31. August

Dies hier – die Bucht von Stagnola – ist ein unberührtes Paradies, an den Ufern dichte Macchia voller Dornen, die nach Terpentin duftet, seichte Lagunen ins Land hinein, halb Salz-, halb Süßwasser, Korkeichenwälder, Mäuerchen aus Felsbrocken (pro Stein je eine Eidechse, pro Korkeiche je eine Elster). Die Felsen unter Wasser beinahe noch interessanter: freudig gurgelnde Töne entquellen den Schnorcheln, wenn einer etwas ganz Tolles entdeckt hat.

Nachts rufen Käuzchen am Ufer, und das Meer klingt, mal hier, mal dort, in einem hohen, zirpenden Ton. Es ist, als gäbe es auf der im Mondlicht wie mit Pailletten bestickten Wasserfläche Grillen.

Abends beim Wein hätte ein Durchschnittsehemann mit Sicherheit geäußert: »Na, hat sich doch gelohnt, der ganze Aufwand, was?« Michael schwieg, das großmütige Herz.

2. September

Es hat sich das erhoben, was Dicki beim Segeln einen Kuhsturm nennt. Man weiß nicht, wohin mit sich, und ist elend. Die Männer, die sich gegenseitig immer wieder versichern, daß sie jetzt nicht in der Straße von Bonifacio sein möchten, tummeln sich leuchtenden Auges, messen Böenspitzen, reffen, raffen und tun Seemännisches. Klabauterfrau und ich sagten einander leicht beklommen gute Nacht und verschwanden mit spannenden Kriminalromanen in unseren Kabinen. Ich glaube nicht, daß ich den Mörder entlarven werde.

5. September

Wir wären vielleicht noch immer in der Bucht von Stagnola (in der wegen der steifen Brise noch ein englischer Segler neben uns Schutz gesucht hat), wenn uns nicht das Selterswasser ausgegangen wäre. Der korsische Wein (heißt La Sposata und wird von einigen Angehörigen der Familie Bonaparte angebaut) ist zu schwer, um unverdünnt getrunken zu werden. Nun führt auch der Weg zum Selterswasser nach Norden. Unsere Ferien gehen zu Ende.

7. September

Wir hatten großartige Fisch-Beute und aßen sie gebraten morgens, mittags und abends. Ganz unvermutet sagte der Captain zu mir: »Dir ist ja gar nicht mehr übel!« Ich verschluckte mich vor Schreck. Kaum hat man sich an irgend etwas wirklich gewöhnt, da ist es auch schon vorüber. Ein altes Naturgesetz.

10. September

Wir sind auf dem Heimweg. Die Arabella liegt schon fern und tief unten in der Bucht, ein Flöckchen, eine Vision. (Jeder Abschied ist ein ganz kleines bißchen Sterben.)

Der Seestern stank zu sehr, aber die großen Muscheln, das Stück Korkeichenrinde und der Bruyèrestengel aus Korsika liegen im Kofferraum. Hätte ich doch die Hitze, den Duft nach wildem Thymian und das Schrillen der Zikaden einwecken können. Ich würde an einem Januartag bei Frost und Ostwind ein Glas davon aufmachen.

11. September

An der bunten, gleißenden, staubigen Riviera ist kein eigentlicher Herbst, aber man merkt den Pflanzen doch an, daß sie keine Lust mehr haben. An einem Zeitungskiosk hielten wir, Michael wartete im Wagen. Ich kaufte deutsche Zeitungen. Im Gehen las ich darin. Während der wenigen Schritte an einer sonnendurchglühten Wand entlang, die von blühender Bougainvillea wie mit lila Wäschetinte übergossen war, mußte ich alles an Ängsten und Herzschmerzen um Berlin abdienen, wozu ich daheim Wochen Zeit gehabt hätte. Das arme Berlin! Es wurde dunkel, die Farben wurden fahl, noch nach Stunden sah die Landschaft aus wie ein Fotonegativ. (Nein, wir werden *nicht* von Realitäten regiert, wie unsere Altvordern uns das glauben machen wollten. Ich habe mich einmal bei der Lektüre von Tolstois ›Krieg und Frieden‹ beim Übergang über die Beresina gräßlich erkältet.) Ich will heim, so schnell wie möglich.

14. September

Ich kann den kleinen Kirchhof in Porto Azzurro nicht vergessen, mit seinen Wandschränken voller Särge und den huschenden Ratten. Es war nur ein kleiner, lauwarmer Schreck, den ich verspürte, wie vor allem Ungewohnten. Die Italiener wissen, daß unsterblich Gewordenem keine Ratten mehr etwas anhaben können. Sich in die Vorstellungswelt eines anderen hineinzudenken, heißt ein Paar Augen und Ohren dazugeschenkt bekommen.

16. September
Hatte ich gefürchtet, die Sorgen, die daheim über den Himmel gezogen sind, seien sichtbar! Unbeteiligt blicken die hohen Berge mich aus den funkelnden Augen ihrer Wasserfälle an, an den Bäumen leuchtet das Obst. Wieviel mehr doch die deutschen Äpfel den goldenen Früchten der Märchen gleichen als die südlichen Orangen, die an Volksfest und Luftballon denken lassen!

18. September
Bei welcher Heimkehr vermisse ich die Eltern nicht? Im Erzählen daheim faßte sich alles Erlebte noch einmal wie in einem Brennspiegel zusammen. Mama konnte stundenlang zuhören, durch kleine Zwischenfragen den Bericht weitertreiben. Papa kam aus dem Atelier, zog sorgfältig an den Bügelfalten und setzte sich umständlich, ehe er eine scherzende Frage nach etwas ganz Ausgefallenem tat (Hast du den König von mir gegrüßt? – Wie schmeckt der Safran in der Bouillabaisse? –) oder sich mit leisem Grunzlaut, an der Nase zupfend, freute, wenn ich ihm eine Geschichte in einer

fremden Sprache zitierte. Die Eltern lachten Tränen, wenn ich ihnen aufspringend eine Szene vorspielte, Mama verzieh, daß ich mit dem Gabelstiel aufs Tischtuch zeichnete, um ihnen ja alles recht deutlich zu machen. Höhepunkte und Glanzlichter der Reise traten hervor, die Beschwerlichkeiten versanken. »Na, herrlich, daß alles so fein geklappt hat«, konstatierte Mama zum Schluß. Wie durch einen Zauber hatte nun erst wirklich alles fein geklappt, war vollendet, abgerundet, unverlierbar geworden.

19. September

Es gibt auch heute noch verwunschene Schlössser. Sie müssen nur in einer gewissen Entfernung von der ersten Rast-Etappe der nach Süden strömenden Bundesbürger liegen. Auf dem Hinweg nach Innsbruck hält keiner dort an, weil die frischen Kräfte und der Schwung des begonnenen Urlaubs sie möglichst tief nach Italien hineintragen. Wir, auf dem Rückweg, hielten dort – trotz guter Vorsätze – auch diesmal wieder nicht an, weil die Unruhe des nahenden Alltags uns vorwärtstrieb. (Ob viel Post da ist? Hatte ich den Abfalleimer eigentlich ausgeleert? Hoffentlich hat es nicht hereingeregnet. Wenn wir jetzt richtig zufahren, sind wir um neun Uhr zu Haus.) Das Schloß blieb verwunschen.

20. September

Spät abends sind wir angekommen. Der Garten legte sich uns beim Aussteigen so dunkel und feucht um die Ohren wie ein nasses Tuch. Es roch nach Kälte, Kartoffelfeuer und Schilf.

Als Kind mußte ich, wenn ich einen geliebten Menschen schlafen sah, den Augenblick der Angst überwinden, er könne vielleicht gestorben sein. Bei unserem Haus ging es mir, bis ich Licht gemacht hatte, ebenso.

23. September

Auf der Marmorplatte, unter der wir unseren unvergessenen gelben Muckel begraben haben, saßen zwei fremde Katzen, die ihm ähnlich sahen. Ich brauchte keine Kenntnis der Mendelschen Gesetze, um mich im Glauben zu wiegen, es handele sich um seine Enkel. Wollten sie vielleicht auf chinesische Manier das Grab ihres Ahnherrn reinfegen? Für diese Pilger errichtete ich eine Erfrischungsstation mit Leber und Milch. – Wie überall, kommen seit gestern viele, die gar nichts mit der Sache zu tun haben.

25. September

Dem Autobus entstieg ein junger Mann, der meinem Bruder ähnelte. Er hatte die gleichen sachlichen, raumgreifenden Bewegungen. Als er seinen Koffer aufhob, lächelte er, und mir kam dabei eine vage Erinnerung an Schönes und Zärtliches. An was nur? All dies dauerte Bruchteile einer Sekunde. Dann erst erkannte ich meinen Sohn.

(So lange waren wir doch gar nicht getrennt? Ich muß vorher nicht richtig hingeschaut haben.)

27. September

Langsam kommt alles wieder in die gewohnten Bahnen. Die unordentlichen langen Frühstücke, bei denen wir einander alles gleichzeitig erzählen, werden kürzer. (Ich bin noch immer froh und dankbar, daß der Junge sich beim Zelten in Griechenland nicht auf einen Skorpion gesetzt hat, und verwechsele dafür die Namen der Tempel.) In den Wänden und Zwischenböden des Hauses toben die Mäuse und oben auf dem Dach die Gastkater, die sich um den Rang des Platzkommandanten raufen. Von den mitgebrachten großen Muscheln stinken jetzt auch diejenigen, die vorher nicht gestunken haben, und die Salzkristalle aus Porto Vecchio zerkrümeln und fressen die Politur von der eingelegten Kommode.

Mein leichtes Hinken ist behoben. Das in meinem Fuß war gar kein Seeigelstachel, sondern ein Stückchen von dem Whiskyglas, das wir beim Abschied auf der Kommandobrücke zerbrochen haben.

Die Seehamer fragen mich, wo es denn schöner

sei, drunten oder hier. (Was ist besser, Zwiebeln oder Schokolade?) Die Frage ist gar nicht so ärgerlich, wie sie mir früher vorkam. Was tue ich denn anderes, als die ganze Welt in ihrem Wert auf mich und das Meine hin einordnen?

28. September

War die merkwürdige Telefondiktatur schon vor unserer Reise? Eine unbekannte Macht bestimmt nicht nur, wann, sondern auch wie lange wir telefonieren dürfen. Mitten im Satz schaltet sie ab, was allen Aussagen etwas Hektisches gibt.

Und dann folgte der edle Wettstreit, welcher der beiden Teilnehmer noch einmal anruft. Der Neugierigere? Der Nervösere? Der Großzügigere!

29. September

Auf dem Wege zur Post kamen wir wieder an der Stelle vorüber, von der aus die Sensationen in unser friedliches Dorf einbrechen: am Zeitungsständer der Papierhandlung. Die Überschriften der Blätter folgen einem Schema (über Jahre hin dem gleichen), dem die europäischen Fürstlichkeiten unterworfen werden. Es beginnt dort, wo die Marlittromane enden:

»Endlich vereint ... Auf dem Gipfel des Glücks ... Dunkle Wolken am Hofe ... In tiefer

Sorge um den Ehemann ... Intrigen bedrohen das Glück des Paares ... Süßes Geheimnis ... Süßes Geheimnis nein doch nicht ... Süßes Geheimnis offiziell ... Zittert um das Leben seiner Fürstin ... Ärzte sagen schwere Entbindung voraus ... Jubel am Hofe über den Sohn ... Fürstin zittert um ihr Kind ... Dunkle Wolken (siehe oben) ... Wird der Fürst kühler ... Fühlt sich vernachlässigt ... Intrigen bedrohen ... (siehe oben) ... Heimliche Tränen im Palast ...

An den Schlagzeilen hatte sich während unserer Abwesenheit so gar nichts geändert, daß wir stehen blieben und lachten. Es war nur inzwischen ein anderes Fürstenpaar aufgerückt. (Es besteht keinerlei Hoffnung, daß diesen Blättern die Heldinnen ausgehen.)

1. Oktober

Der Junge ist in seine Kaserne abgereist. Für ein Jahr? Für anderthalb? Jetzt bestimmen die Gesetzgeber, nicht mehr wir Eltern. Ich ließ ihn von seinem Vater zur Bahn bringen, um nicht durch Zurschaustellung meines Trennungswehs den Eindruck zu vermitteln, ich beurteile die Berlin-Krise falsch. (Wir sind alle schlecht im Abschiednehmen, ein Familienübel.) Hier handelt es sich gar nicht um die Zeitspanne bis zum ersten Urlaub, sondern darum, daß er unvermutet erwachsen ist. Ich habe diesen Zeitpunkt unter irgendwelchen Vorwänden immer wieder hinausgeschoben.

Als das Auto fort war, machte ich mich daran, die beiden Stiche im Gästezimmer umzuhängen. Es ist unmöglich, gleichzeitig zu weinen und einen Nagel mit dem Hammer zu treffen.

4. Oktober

Wir waren mit Freunden an einem Gebirgssee, fern jeder menschlichen Siedlung, unter einer Felswand. (Die Lärchen, brennendgelb, zogen sich den Hang hinauf, als flackerte ein Feuer.) Niemand wohnt dort, nur das Echo. Feucht rieselt es vom Berg, nachts im Mondschein tanzen die Elfen an den schilfigen Ufern. Und beim Ausfluß, wo der muntere Gebirgsbach entspringt, staut sich das, was man als die Pest unseres Jahrzehntes bezeichnet: Schaum. Irgendein Spül- oder Waschmittel. Eine der Elfen muß sich bei Mondschein eine Non-Iron-Bluse gewaschen haben.

6. Oktober

Endlich sind die Farbdias fertig gerahmt. Strahlend und völlig geruchlos entsteht der Süden vor unseren Augen. Von den üblichen Zwischenrufen abgesehen (»Wo soll das denn sein: Porto Ferraio?« – »Himmel sehe ich aus, du hättest auch was sagen können, ehe du losknipst!« – »Ha, Captains Unterhose schaut vor!«) – erfüllte uns schweigende Dankbarkeit. Es scheint, als ob auch eine Mittelmeerreise, wie das Glück, nicht etwas ist, das man erlebt, sondern etwas, woran man sich erinnert.

9. Oktober

Es kam ein Mann und schlug vor, ich solle doch die Reise auf der Arabella zu einem heiteren Sommerroman machen. (Er sagte »gestalten«.) Natürlich müsse ich noch etwas dazu erfinden, die Wahrheit sei etwas langweilig, weil keine Liebesgeschichte an Bord spiele. (Die zwischen Michael und mir ist zwanzig Jahre alt und gilt als passé.) Ob nicht, da es sich doch um zwei Ehepaare handele, ein Ehebruch etwas Farbe hineinbrächte – eine Liebesgeschichte über Kreuz, verbesserte er hastig. (Ein guter Mensch, er wollte nicht, daß einer zu kurz käme.) Im Erfinden sei ich nicht gut, gestand ich. (Er merkte, daß ich der Sache über Kreuz nicht nähertreten wollte.) Dann vielleicht ein fescher Matrose auf einer der Nachbarjachten? Bei meinem köstlichen Humor könnte das doch eine reizende Sache werden ...

10. Oktober

Der Mann von gestern ist inzwischen, auch ohne auf der Kommandobrücke mit uns Whisky zu trinken, auf unsere damalige Idee gekommen, ein bißchen Menschenschmuggel mit hineinzunehmen. Die Arabella soll einen abenteuerlichen Hafen anlaufen, und ich soll dort ohne Wissen der übrigen einem Flüchtling (gestürzter Potentat, jung, Kreuzung zwischen O. W. Fischer und Louis Jourdan etwa) in meiner Kabine Asyl gewähren. Außer dem Asyl hätte ich ihm naturgemäß noch dies und jenes zu gewähren, was zu einem heiteren Sommerroman gehört. – Ich fragte kühl, aber beflissen, wann ich den Kerl aus meiner Kabine eigentlich wieder loswürde, ob ich ihm dabei, nachdem meine Leidenschaft nun einmal geweckt sei – an Land, ja womöglich in sein Land folgen müsse. Der Mann wich aus. Das überließe er ganz mir, sagte er, er wisse ja, daß man mir schwer etwas einreden könne. Ich solle mir selbst etwas einfallen lassen, das ich nachzuempfinden in der Lage sei. (Er sagte »nachzuvollziehen«.)

13. Oktober

Ich grüble noch immer über der Liebesgeschichte an Bord. Nein, auf das Kreuz und Quer lasse ich mich als verheiratete Frau nicht ein. Michael muß von der Bühne verschwinden, und ich mache mich zu einer lebensgierigen kleinen Sekretärin, die vom gütigen Captain mitgenommen worden ist, damit sie mal was von der Welt sieht. – Ich finde es trotzdem durchaus unerquicklich, mit einem fürstlichen, aber suspekten Balkanindividuum die Kabine zu teilen. Es ist auch viel zu eng da. Wo soll ich ihn bloß hinverstecken? Unter der Schaumgummimatratze ist kaum Platz, da erstickt er rasch, und dann wird der heitere Sommerroman nur kurz.

Ich habe schon überlegt, ob er, wenn ich die vielen Seekarten aus dem Besenschrank räume, dort hineinginge. Vielleicht, wenn ich ihn sehr klein und grazil mache. Aber dann »sitzt« wieder die Verführungsszene nicht, auf die ja schließlich alles hinausläuft. Kleine, Grazile sind nicht mein Typ. Sicher, bei lebensgierigen Sekretärinnen gilt der Spruch von der Gelegenheit, die Diebe macht. Aber gerade das ist auf der Arabella nicht so einfach. Laue Sommernacht, ja die kommt schon vor, aber beim kleinsten Geräusch wacht Captain auf und geht nachsehen, ob der Anker noch richtig liegt. Gewiß, es gehen mal am Nachmittag alle von Bord, und ich bleibe allein in der Kabine, Kopfschmerzen vorschützend, aber wer will bei dieser stickigen Hitze eine Verführungsszene? Selbst ich als lebensgierige Sekretärin habe keine Lust dazu. Der jugendliche Potentat schießt die Breitseite seiner männlichen Reize ja sowieso bloß ab, weil ohne mein Zutun seines Bleibens auf der Arabella nicht lange wäre. Captain schmisse ihn sofort hinaus. Doch nur so einfach mit dem Schrei »Sei mein!« aus dem Besenschrank fallen wird er wohl dennoch nicht. Mein Gott, wie mich die Zärtlichkeiten dieses Hammeldiebes jetzt schon langweilen!

14. Oktober

Heute habe ich dem allzu Hartnäckigen mit Papier und Bleistift die Inneneinteilung des Schiffes klargemacht. Man hört, so sagte ich, von einer Kabine zur anderen jedes geflüsterte Wort, kann sich niemals absentieren. Hunderttausend Argusaugen behalten Schiff und Kai unter Kontrolle. Erst dies hat ihn seltsamerweise davon überzeugt, daß zu einem heiteren Sommerroman meine Phantasie nicht ausreicht. Wir schieden, ohne daß ich von meinem köstlichen Humor hätte Gebrauch machen müssen.

17. Oktober

Seit dem vorigen Jahr ist so manchem Seehamer Bauernhaus ein Geweih gewachsen. Nicht mehr vorn an der Stirnseite wie früher, sondern oben auf dem Dach: die Fernsehantenne. Menschen, die niemals ins Kino gingen, weil sie dazu zu müde waren, finden jetzt nur mit Mühe ins Bett.

Die Nachbarin unseres Freundes heißt Kathi. Auch sie ging einst mit ihrem Mann abends um acht Uhr schlafen. Nun brennt bei ihnen fast die ganze Nacht Licht. Nach Sendeschluß, wenn die beiden vorm Fernsehgerät endlich aufstehen, fürchtet sich die Kathi nämlich im Dunkeln. Jetzt, wo sie so viel Grausliches sieht, sagt sie, hat sie andauernd Angst. Sie traut sich, sagt sie, in ihrem eigenen Haus nicht mehr allein die Treppe hinauf oder über den Speicher.

Arme Kathi, man hat sie aus einem Paradies vertrieben, in das sie nie mehr zurückfinden wird.

20. Oktober

Heine schreibt: »Ach liebe Frau, in unserem Lande ist es sehr frostig und feucht. Sogar die Sonne muß bei uns eine Jacke von Flanell tragen, wenn sie sich nicht erkälten will, und das einzige reife Obst, das wir haben, sind gebratene Äpfel.«

Ich fand die Stelle heute früh, als ich neben dem Bücherschrank darauf wartete, daß der Ölofen richtig zieht. Morgens sticht einem bereits unverblümte Kälte bitterlich in die Nase. Die Berge sind bis tief herunter verschneit.

Wie sagte meine Tante? »Kinder, die schlechte Jahreszeit kommt, wir wollen einander noch lieber haben!«

25. Oktober

Wie oft streift man in Todesanzeigen die unbekannten Namen mit flüchtigem Blick. Und in den kargen Daten versteckt sich das tragische Schlußkapitel eines bewegten Familienromans.

». . . bis 45 Professor an der Universität Prag. Mit ihm erlischt die Familie. Falls die Bewilligung hierzu erteilt wird, werden die heiligen Seelenmessen in der Pfarrkirche Mährisch-Krumau gelesen.«

»Es starb als Ostflüchtling H. v. V., Herr auf Westernhagen, Kleinrotsand und Wirbendorf, im 71. Lebensjahr.«

Die Unterzeichner, seine Kinder und Kindeskinder, sind in deutschen Großstädten angespült worden oder haben in fremden Erdteilen von vorn angefangen. Die Kette jahrhundertealter Tradition ist gerissen. Und obwohl »der Derwisch das Leben eine Reise nennt«, klingt der Jammer um das Verlorene am Grabe noch einmal auf. (Und wer schickte nicht auch als Fremder einen flüchtigen Gedanken zu den verlassenen, vielleicht verkommenen Herrensitzen, auf denen das Unkraut zwischen den in Generationen zusammengefügten Steinen aufschießt?)

30. Oktober

Wie merkwürdig verändert das Haus ist ohne den Jungen, alles bleibt andauernd sauber, und wenn ich mich beim Kochen nur ein bißchen gehenlasse, geraten die Portionen viel zu groß, und es gibt tagelang Reste. – Das Wiedersehen mit ihm am Sonntagnachmittag in einem Restaurant seines Standortes war vergnügt und ergreifend zugleich. Er lernt vieles in dieser militärischen Welt, das ihm nützen wird; nicht zuletzt, daß die menschliche Würde viel tiefer innen sitzt, als man für gewöhnlich annimmt, und durch Angeschrienwerden nicht zu verletzen ist. – Er und sein Vater sprachen – verbunden durch eine geheimnisvolle Kumpanei – über das »Robben zehn Zentimeter unter der Grasnarbe«. Sie lachten, sie verstanden einander als Fachleute. Ich unterdrückte mühsam die Frage, ob er auch warm genug angezogen sei. – An einer Papierserviette des Restaurants suchte ich ihm zu zeigen, wie man ein Loch in der Hose flickt. Beim Abschied betrachtete ich beklommen Zaun und Tor der Kasernen. Von Lichtern angestrahlt, bewacht, abgeschlossen, Posten. Warum lernt das Auge so schwer, dergleichen harmlos zu sehen?

3. November

Das Dorf kriecht, weiter und weiterbauend, an uns heran. Es ist wie beim Spiel ›Ochs am Berg‹. Drehen wir uns unvermutet um, sind die Häuser schon wieder einen Schritt näher gekommen. Die vielen Abwässer bedrohen unseren Trinkwasserbrunnen.

Wenn der Inhalt der Versickergruben, durch den Kies der Endmoränen gefiltert, in unserem Zahnputzbecher ankommt, ist es zu spät. Wir müssen uns daher an die Wasserleitung anschließen. Ich schließe mich schwer an, selbst an eine allgemeine Wasserleitung.

6. November

Der Bagger hebt den Graben für die Wasserleitung aus, da er aber an seinem Rüssel nichts fühlt, müssen die beiden Telefonkabel und der Anschlußhydrant vorsichtig mit der Hand ausgegraben werden, weil sonst an dem der Gemeinde entstandenen Schaden noch unsere Enkel abzahlen. Wir finden niemanden zum Graben, auch für sehr viel Geld nicht. Das Bitten, die Irrwege, die schwachen Hoffnungen bei neuen Ratschlägen: es war wie ein Rückfall ins Jahr 1946. Drei Personen wollten gerne mit uns graben: ein Arzt, zwei Schriftsteller. Irgend etwas scheint im sozialen Gefüge nicht mehr zu stimmen.

8. November

Alles ist gut vorüber. Wir haben nun Wasser von fernher. Es schmeckt genau wie immer, hat aber einen solchen Druck, daß ich mich nach Hantierungen am Ausguß umziehen muß.

Eines jedoch bringe ich nicht fertig: den Brunnen, der uns dreißig Jahre lang versorgt hat, zuschütten zu lassen. Die Betonröhre, aus der es nach Kalk, Gebirge und Schneeglöckchen riecht, lädt sich nachträglich mit ungeheurer symbolischer Bedeutung auf. Dieses stille Wasserauge, das jetzt in den Himmel blickt, hat die besorgten Gesichter der Eltern gespiegelt, in dem Dürre-Sommer; als der Meinige vor vielen Jahren das Ansaugrohr verlängerte, trug er noch die alte Uniformhose. Wir mußten Dicki festhalten, damit er nicht hinunterfiel. Nein, ich lasse den Brunnen nicht zuschütten.

Da jeder Entschluß zwei Gründe hat, einen und dann den wirklichen, habe ich gesagt, daß die Zeiten sich wieder ändern können und man einen Brunnen immer braucht.

13. November

Es gibt Tage, an denen behauptet man kindisch aufsässig (mit einer Stimme, die eine gute Quint zu hoch ist), man könne nicht leben unter dieser ständigen Bedrohung, dieser ständigen Angst. Was gäbe es denn noch, fragt man schrill, in das Chruschtschow nicht seine häßlichen Vorderzähne sträube? Es sei ja geradezu eine Tat des Mutes, sich etwas anzuschaffen, das man in zwanzig Jahren noch in Ruhe zu benutzen hofft.

Gestern war ich soweit, derlei Reden zu führen.

Vielleicht, weil ich so schrecklich kalte Füße hatte. Schon wieder still und etwas geniert, stieß ich im Kinderbuch auf ein altes Gedicht, das lautet: »Bet, Kindel, bet. Morgen kommen die Schwed', morgen kommt der Ossenstern, der wird das Kindel beten lehr'n.« Sollte der Oxenstierna, dessen grausamer Ruhm als Drohung bis zu den Kinderbetten drang, besser gewesen sein als Väterchen Nikita? Hatte es 1630 Sinn, zu säen, zu ernten, das Haus zu reparieren, den Polsterstuhl neu beziehen zu lassen, wenn die Schweden morgen kommen und brandschatzen, quälen und töten konnten? Wenn sich etwas überhaupt lohnt, scheint es sich auch unter ständiger Vernichtungsdrohung zu lohnen. – Der heilige Franziskus hat, wenn ich ihn recht verstanden habe, dies gemeint, als er auch in seiner letzten Lebensstunde noch seinen Garten weiter umgraben wollte.

17. November

Wenn die Nachbarin, die unvergessene, mir Äpfel einwog, legte sie, sobald die Waagschale nach unten zog, noch einen letzten Apfel obenauf. Maß und Gewicht kommt vor Gottes Gericht.

Wenn ihre Tochter mir die Milch einschüttet, gibt sie noch einen halben Schöpflöffel voll dazu. Sie sagt dabei dasselbe. Auf dem Lande hat man nicht Zeit, neue Formulierungen zu erfinden. Aber

Ehrlichkeit in allen Dingen scheint noch die höchste Tugend. Hier draußen.

In den Berichten des Fundbüros lese ich, daß kaum noch jemand kommt und seine Sachen dort abholt. Eine Trambahnfahrt dorthin ist den Verlierern zu mühsam. Der Schirm, die Tasche, der Mantel, sie sind ja doch weg, denn die Leute sind nicht mehr ehrlich heutzutage, sagen sie. Ich lese von dem Amerikaner Johnson, der 240000 Dollar in einem Sack auf der Straße fand und sofort zurückgab. Er bekam außer dem Finderlohn und öffentlichem Lob sackweise Briefe. »Kaufen Sie sich einen Strick und hängen Sie sich auf, Sie Idiot.« – »Gehen Sie zum Nervenarzt!« – »Kein Wunder, daß Sie arbeitslos sind, Sie sind fürs heutige Leben ungeeignet!« – »Sie Narr, die Banken haben Millionen, die paar Kröten hätten der Verlierer-Bank nicht wehgetan!« – »Hätten Sie das Geld wenigstens ein paar Tage behalten und mit Hilfe eines Rechtsanwalts den Finderlohn höhergetrieben.« Andere wieder ertränkten ihn fast mit Dankbarkeitshymnen, und er mußte auf Versammlungen sprechen. Nur, daß er etwas Selbstverständliches getan hatte, fand niemand.

Wann hat sich im allgemeinen Sprachgebrauch der Ehrliche in den Dummen, der Nicht-ganz-Ehrliche in den »getriebenen Burschen«, also einen bewunderungs- und nachahmenswürdigen Übermenschen verwandelt? Irgendwann zwischen meiner Schulzeit und jetzt muß es doch passiert sein?

18. November

Die Herbstnebel werden schon sehr dicht. Schwebend und losgelöst, auf perlmuttfarbenen Wassern treibt unser Haus dahin, eine Arche Noah, in die sich Katzen, Igel und Mäuse retten. Tuschelnd und wispernd fallen noch immer Blätter, anzuhören wie eine Zuschauermenge, die mit dem Stück nicht zufrieden ist.

Vor etwa zwei Jahrzehnten (als ich noch glaubte, die Höhepunkte meines Lebens hätten gefälligst dann stattzufinden, wenn ich gerade mein schwarzes Abendkleid anhatte) liebte ich es, mich um diese Jahreszeit in melancholische Rilke-Texte zu vertiefen. Oh, wie konnte ich es damals nachfühlen ». . . wer jetzt kein Haus hat, baut sich keines mehr, wer jetzt allein ist, wird es lange bleiben . . .«. Heute gehe ich um diese Zeit an die Mottenkiste und hole dicke Pullover und lange Unterhosen heraus.

20. November

Aus den Zeitungen fallen Reklamebeilagen, die mich kategorisch auffordern: Schon jetzt an Weihnachten denken. (Ich bekomme immer schlechte

Laune, wenn jemand mir vorschreibt, woran ich denken soll.)

Nun beginnen also wieder die schlimmen Wochen, denen man nur als ganz starke Persönlichkeit gewachsen ist. Wem womit Freude machen? Macht man ihm denn noch eine? Muß er sich dann nicht bloß revanchieren? Praktisch schenken! Unpraktisch schenken! Mit Herz schenken! Keinen vergessen! Für den verwöhnten Geschmack! Für die, die sich das Beste gönnen! ... Und wie ist es mit denen, die sich nichts gönnen dürfen, weil es kaum zum Notwendigsten reicht ... mit den Einsamen ... den Vergessenen ... den lieblos Behandelten ... mit der Selbstmordserie ... mit den Eltern, die ihr Bankkonto überziehen, damit die Kinder am Heiligen Abend nicht enttäuscht sind, weil ihre durch den Schaufensterrummel hochgeschraubten Ansprüche ins Ungeheuerliche gewachsen sind? Woher die Kraft nehmen für die ruhigen Stunden mit der Familie, für das, was der Kern des Festes ist, bei dieser beständigen Aufforderung zur organisierten Weihnachtsfreude, einer Aufforderung, die wochenlang anhält?

Meinetwegen, ich werde schon anfangen, daran zu denken. Daran, ob man es dies Jahr nicht besser machen kann.

24. November

Heute mußte ich unser Grab an der kleinen Pestkirche für den Winter mit Zweigen zudecken. Immer wieder bin ich erstaunt darüber, wie wenig meine Toten wirklich dort sind, wie sehr ein Grab nur eine Art Bahnsteig ist, von dem sie abgereist sind. In fast unpassender Eile gehe ich heim. Hier, wo wir leben, von ihnen sprechen und an sie denken, hier sind sie.

25. November

Es liegt gar nicht an den Absendern, daß die Weihnachtspäckchen trotz flehentlicher Bitten der Post nicht früh genug aufgegeben werden. Es liegt an den Empfängern. Wenn ich bestimmt wüßte, daß sie mein Päckchen in verpacktem Zustand unten in den Kleiderschrank legen, daß sie nicht mit einem »O Gott, na dann müssen wir ihr wohl auch was schikken ...« reagieren und es nicht aus Neugier auf einen vielleicht darinliegenden Brief *trotz* befehlender Aufschriften öffnen, dann wäre ich geneigt, schon heute ...

26. November

Wir mußten ins Rheinland und wählten Umwege. Die Fahrt durch die stumpfen Packpapierfarben der Wälder und das verschleierte Steingrau war sehr schön. Alles hatte die Töne alter Gobelins.

29. November

Alle Welt ist sehr lieb zu uns und durchforscht die Veranstaltungskalender, um uns etwas zu bieten. Da gibt es zum Beispiel ein Theaterstück, bei dem werden Gegenstände ins Publikum geworfen, und ein Schauspieler rezitiert, auf dem Kopf stehend, die Rede des Saint-Just aus ›Dantons Tod‹. (Er kann unmöglich gut rezitieren, wenn ihm seine Innereien so auf die Atmung drücken. Ich habe es im fremden Gästezimmer sofort ausprobiert.) Das Aufregendste, sagten uns Eingeweihte, soll die Musik zu dem Stück sein: Ungefähr wie das Geräusch einer Bahnhofshalle während des Umbaus. – Ich lehnte den Besuch des Stückes ab, etwas betreten, weil sich in mir der Verdacht bestärkt, daß ich zu den »ewig Gestrigen« gehöre. Zum Ausgleich versprach ich, morgen in die abstrakte Ausstellung zu gehen.

30. November

Daß ein Chinese aussähe wie der andere und ein abstraktes Bild wie das andere, will nur unser ungebildetes Auge uns weismachen. Nach wenigen Minuten begannen einige der Bilder mit Glockenton zu mir zu reden, andere blieben stumm wie Fische. Leider nicht stumm blieb ein junger Mann, augenscheinlich Experte, der mich anwies, mich zu den Gemälden, »richtig einzustellen, indem ich mich von verschütteten Instinkten leiten ließ«.

Schon dies empfand ich als gelinde Unverschämtheit. Aber es gab auch noch eine Sonderausstellung, bei der auf die in mehreren Farblagen gemalten Bilder in letzter Minute feine Schrotladungen abgeschossen werden. Die Farblagen platzen ab, wie die Musen es wollen, und man hat dann – wie heißt es doch – man hat dann etwas ganz Persönliches. Sehr feinsinnige Leute kaufen das Bild erst und schießen dann selber hinein, weil sie hoffen, daß sich dabei ihr Unbewußtes manifestiert.

Ich glaube, ich wurde deshalb so wütend, weil derlei Scharlatanerien Wasser auf die Mühlen derjenigen leiten, die noch immer blaubeerfarbene Mondscheinlandschaften und Kätzchen mit Knäuel an ihre Wände hängen.

2. Dezember

Da in Seeham Cocktailparties völlig fehlen, finde ich sie hier sehr reizvoll. Michael (mit höflichem Gesicht) leidet meist etwas dabei. Er meint, es sei absurd, wenn ein Atomphysiker, ein Psychiater und ein Schriftsteller um eine Schale Käsegebäck herumstehen und von nichts anderem zu sprechen wissen als vom Pegelstand des Rheins. Es ist heiß und voll, man freut sich, wenn jemand temperamentvoll auf einen einredet, weil dann Luftzug entsteht. Das einzige Kalte ist das hervorragende kalte Büfett.

»In Ihrem Holzhäuschen«, meinen Liebenswürdige, »muß es doch im Winter sehr einsam sein.« Wie soll ich ihnen erklären, daß bei uns fast nicht Raum genug ist für Michaels neue Romanfiguren, daß sie am Herd lehnen, sich aus den Sesseln erheben, daß sie mit uns leben. »Ja, ziemlich«, sage ich. Denn genausolang hört mein Gesprächspartner noch zu.

4. Dezember

Wie immer bei der Heimkehr aus den wie auf Kugellagern laufenden Haushaltungen meiner Schwägerinnen bin ich der guten Vorsätze voll. Ich nehme mir vor, aus unserer Holzhütte ein gepflegtes Heim zu machen. – Nach zwei, drei Tagen habe ich mir alle Nägel, die mir auf der Reise gewachsen sind, wieder abgebrochen, die Perlmuttersatzlöffelchen sind wieder auf geheimnisvolle Weise verlorengegangen, die Tablettdeckchen verschweinigelt, und die Spinnen haben ihre Netze erneuert, die ich bei meinem Heimkommen zerstört habe. Und dann gebe ich wieder auf.

Nun ja, alles ist relativ. Früher war es natürlich noch viel schwerer, Ordnung zu halten. Papa trug die Kohlen in sein Atelier grundsätzlich in einem alten, löcherigen Papierkorb hinauf und die Asche dann in einem zu kleinen, dafür aber hoch gehäuften Blechkästchen wieder herunter. Wenn ich seufzend aufgekehrt hatte, rief er plötzlich von oben: »Hier ist mit Dank die Schachtel zurück, die ihr mir für Späne und Torfstückchen geliehen hattet.« Und dann kam ein ehemaliger Margarinekarton holterdipolter von Stufe zu Stufe herunter und verstreute alle zehn Zentimeter etwas von dem, was sich zwischen seine Falze verkrochen hatte. – Der goldige Papa, immer rücksichtsvoll, wollte uns möglichst wenig Arbeit machen und warf daher alte, verkrustete Farbdosen einfach aus dem Atelierfenster. Sie fielen entweder auf das gläserne Vordach vor der Küche und verhinderten dort den Einfall des Lichts noch mehr, oder gleich in die Ligusterhecke, wo ich sie im Liegestütz keuchend wieder zusammensuchen mußte.

Auch Dickis Zimmer, nun kalt, verödet, aufgeräumt, war einst ein Problem. War er auch noch ein Kind, so doch ein männliches. Das Dachkämmerlein, in dem ich meinen kümmerlichen Jungmädchenträumen nachgehangen hatte, war nicht wiederzuerkennen. Muschel- und Steinsammlungen bedeckten alle waagrechten Flächen, vor der Tür zum Kleiderschrank stand ein Karton mit Bruder Leos alter Elektrisiermaschine. Man konnte die Schranktür ebensowenig öffnen wie das Fenster, weil der Schreibtisch davor so verkramt war. Kehren war nahezu unmöglich, weil der große Stielersche Handatlas aufgeschlagen unterm Bett lag. Dicki hatte eben wenig Platz und mußte manchmal ein sehr nördlich gelegenes Fort in Kanada nachsehen. Außerdem konnte man weder die herumflatternden Zettel wegwerfen, auf denen griechische Verbenstämme verzeichnet waren, noch die mißfarbenen Schächtelchen, denn in ihnen lagen die trockenen Larven der hierzulande häufig vorkommenden Eintagsfliegen. Bekam ich das Fenster wirklich auf, so mußte ich nachher eine Viertelstunde lang auf dem Boden herumrutschen und alle Briefmarken aufheben, die der Luftzug weggeweht hatte. Der obere Waschtisch war entweder voller Tinte, weil Dicki seinem Füllfederhalter ein Bad hatte angedeihen lassen, oder voller Grundierfarbe, weil Papa eine neue Leinwand gespannt hatte.

Im Atelier gar mußte man sich vor dem Aufräumen immer erst einen Augenblick hinsetzen, denn nun brauchte man seine ganze seelische Kraft. Das Rohr, das Papas Ofen verließ und weiter oben in den Kamin mündete, war leider locker, und kurz nach einem dumpf donnernden Geräusch empfahl es sich, mit einem Stoßgebet Schaufel und Besen zu ergreifen und die Treppe hinaufzueilen, um einen halben Eimer Ruß wegzuputzen, ehe Papa mit Pantoffeln hineintrat. Fuhr man dabei richtig in die Ecken (was sehr schwer war, denn die Staffelei stand im besten Licht, das heißt so, daß man nicht nach hinten ausholen konnte), dann fand man vielleicht auch den so lang vermißten vierten Band

Heine und den zweiten Socken zu dem graugrünen Paar. Das chemisch-technische Lexikon und Hamsuns ›August Weltumsegler‹ jedoch fand man nicht gleich, weil die Bettfüße daraufstanden, zur Erhöhung des Fußendes. War man droben fertig, so hatte drunten Dicki die Katze auf dem Sitzkissen des Wohnzimmers mit Bandnudeln in Soße gefüttert. (Wer ein wirklich gepflegtes Heim haben will, darf keine Haustiere halten. Auch keine Männer.)

Das allerschlimmste war und blieb natürlich die Bastelkammer hinter dem Zugbrückenbrett. Daß Späne dort fallen, wo gehobelt wird, ist klar, und selbst eine gute Hausfrau würde sich damit abfinden. Doch leider stehen im gleichen Raum meine Bettkiste und der Mottenkoffer. Wenn ich aus einer von beiden etwas eilig brauche, und bei uns ist immer alles eilig, weil der Krieg uns so viele Jahre gekostet hat, dann muß ich drei Zentimeter hoch Sägemehl wegpusten und ein kaputtes Luftgewehr, eine halbfertige Fuchsfalle und einige abgebrochene Laubsägen abräumen, ehe ich die Deckel öffnen kann.

In dieser wie in ähnlichen Situationen fällt mir der indische Gott Ganesha ein, der einen Elefantenkopf hat. Vielleicht haben die Gelehrten nicht richtig hingeschaut, und er ist gar nicht der Gott der Weisheit, sondern der der Hausfrauen. Wenn ich beide Hände voll habe, bräuchte ich nichts nötiger als einen Rüssel vorne am Kopf, um damit zu öffnen, zu schließen und wegzuwälzen. (Über dem rechten Stoßzahn hätte ich praktischerweise gleich einen Lappen hängen, denn ich möchte das Zimmer sehen, in dem ich ihn nicht, soeben eingetreten, sofort brauchte ...)

Es hat nicht an Versuchen gefehlt, mir eine jener wackeren Frauenspersonen beizugesellen, die früher in der Elisabethstraße dreimal wöchentlich in die Wohnung kamen, damit die Mädchen sich nicht überanstrengten. Seit damals hat sich vieles geändert. Es hat das Odium von etwas Ehrenrührigem angenommen, »anderen Leuten den Dreck wegzuputzen«. Selbst Frauen, die das Schicksal in das abgelegene Seeham gespült und hier recht wenig beschäftigt auf Strand gesetzt hat, tun es nur ganz selten. Wir konnten immerhin ein paar ihrer gängigsten Typen durchprobieren. Der einen fehlte ein warmer Wintermantel, der anderen eine Steppdecke, und so kamen sie für ein Weilchen. Manche konnten nur zu Tageszeiten, die für den Haushalt so störend waren wie ein Nagel im Schuh für eine Bergtour. Einige waren fröhlich und gingen meinen Männern dadurch auf die Nerven, daß sie beim Abwischen der Türfüllungen mehrstrophige Lieder sangen, manche wieder von säuerlicher Gemütsart, und die gingen mir auf die Nerven. Ich glaubte mich bei jedem Teppich dafür entschuldigen zu müssen, daß überhaupt etwas draufgefallen sei, und litt unter der Dürftigkeit meines

Handbesens. Wieder andere brachten minderjährige Kinder mit. Sie waren zunächst still, wurden dann weinerlich und mußten mit Zwieback beschwichtigt werden, dessen Krümel auf den frischgefegten Böden besser Platz hatten als vorher.

Kurz nach Weihnachten jedoch fanden sie alle einen Grund wegzubleiben. Das heißt, den Grund fand ich. Sie blieben einfach weg. Nach Tagen, Monaten, vielleicht Jahren erfuhr man, daß ihre Rente erhöht wurde, daß ihnen der Weg zu weit war oder daß sie das Geschäft als unlohnend empfanden und nur in Häuser gingen, wo sie täglich putzen durften.

Mit einer, die froh ist, daß sie nur einmal wöchentlich zu kommen braucht, sind wir noch – schweig still, mein Herze – in den Flitterwochen. Ein endgültiges Urteil liegt somit noch nicht vor.

Heute, wo wir doch nur mehr zu zweit sind (könnte ich, um den Preis der damaligen chaotischen Zustände, die Zeit zurückdrehen, ich täte es!) und es ganz leicht sein müßte, Hochglanz zu erzeugen und zu erhalten, heute ist es das Haus selber, das sich bockig allen Politurversuchen widersetzt. – Von dem auf der Reise Wahrgenommenen angeregt, versuche ich seit gestern wieder, unsere Böden mit Bohnerwachs so zu pflegen, daß sie den Böden guter Hausfrauen zu ähneln beginnen. Da die meisten Dielenbretter aufgerauht sind, ziehe ich mir dabei stets Splitter in die Finger, die nachts in Umschlägen und Gummifingerlingen wieder herausschwären müssen. Tags darauf gibt es an der Maschine sinnentstellende Tippfehler, und es kommt vor, daß Michael bei der Durchsicht einer unendlich traurigen Szene schallend loslacht.

Nur einmal, vor Jahren, hatte ich, als ein Sender ein Hörspiel von Michael wiederholte, eine Anwandlung von schrillem Übermut und fragte einen Fachmann, was es wohl kosten würde, im Wohnzimmer Parkett zu legen. Dabei bekam ich die Auskunft, daß in einem nicht unterkellerten Holzhaus sich die Bodenfläche zusammenzieht und ausdehnt, so daß sich spätestens nach dem ersten Winter die Parkettriemen als Schollen türmen würden wie Polareis. In unserer Familie ist es üblich, eine solche Wendung der Dinge mit dem Bemerken »Schon wieder Tausende gespart!« entgegenzunehmen.

An ein Zimmer wagt auch heute noch mein wilder Ehrgeiz sich nicht heran: an Michaels Allerheiligstes. Schwache Momente hat jeder mal, und so denke ich es mir schön, seinen Bücherschrank vorbildlich zu reinigen. (Bei anderen Leuten kann man so ausgefallene Dinge wie Kellers ›Grünen Heinrich‹ aus dem Regal ziehen, ohne daß Staubflusen auf dem Schnitt liegen.) – Doch es gibt keine Tages- oder Nachtzeit, in der ich mit Besen und Wischlappen ihm nahen darf. Er kleidet seine

Abneigung gegen Groß- und Klein-Reinemachen in sehr charmante Form: »Tausend Dank, das ist sehr lieb von dir, aber es lohnt sich wirklich nicht. Ich mach's nachher schnell selber«, sagt er.

Er macht es natürlich nicht. Doch ich habe vor dem Kartoffelkäferplakat nicht gelobt, ihn sauberzuhalten, sondern ihn glücklich zu machen. Und so lasse ich es auf sich beruhen.

8. Dezember

Es sollte verboten werden, derart schlechte Reklameverse zu veröffentlichen, wie sie mich zur Zeit auf einer Spültischverpackung, Joghurtbechern und einer Zwiebackdose umgeben. Kein Versmaß stimmt, die falschen Silben tragen die Betonung, und daß die Zeilenenden sich zur Not reimen, macht den Kohl auch nicht fett. Und so etwas in einem Land, das die größten Dichter hervorgebracht hat! Besäßen wir, wie im alten China, ein Ministerium für Poetische Angelegenheiten, so wäre ich jetzt dort vorstellig geworden.

10. Dezember

Es gehört zu den Tücken des Berufs (der Schriftstellersgattin), daß just immer dann, wenn ich meine, mich nun hemmungslosem Plätzchenbacken hingeben zu dürfen, ein Hörspiel über den

Schreibtisch gehen muß. Ein Hörspiel ist eine Arbeit für zwei Personen. Meine große Maschine nebst Tischchen wird zu Michael geschleppt, für mehrere Tage wird sicherheitshalber Erbsensuppe vorgekocht. Dann schließe ich hinter der Hausfrau die Tür und spiele nur noch die Mitarbeiterin.

»Können wir?« fragt Michael. Ehe ich mich setze, umarmen wir einander, wie Boxer, um anzudeuten, daß alles nun Folgende mit unseren persönlichen Gefühlen nichts zu tun hat. Dann geht der geistige Vater des Hörspiels eine Weile leise auf dem Teppich auf und ab und erschreckt mich, wenn ich glaube, dösen zu dürfen, mit einem schneidigen: »Los! Klammer auf! Regieanweisung. Einzeilig bitte!«

Alte Gewohnheiten sterben schwer. Wie einst in meinen Sekretärinnenjahren verfalle ich zunächst wieder in den Irrtum, der Diktierende habe immer recht. Schon bei Szene zwei ändert sich das. Ich kann nichts mehr niederschreiben, das ich nicht vertreten kann. (Beim Jüngsten Gericht wird man von mir Rechenschaft darüber fordern, was ich Michael in literarischer Hinsicht habe durchgehen lassen, weil ich am nächsten dran war.)

»Also«, beginnt Michael und setzt sich. »Alondra, Doppelpunkt, Ich weiß jetzt alles.«

»Nein«, entgegne ich, anstatt zu tippen. (Es ist schon Szene drei.) »So nicht. Sie weiß gar nichts. Sie muß es, glaube ich, ganz anders sagen.«

Michael, der eine Engelsgeduld hat, fragt gefaßt: »Und wie soll sie es sagen?«

Auf meinen Vorschlag protestiert er. »Nein, das geht nicht. So kalt ist sie wieder nicht.«

»Aber ihr Ausbruch wirkt hinten doch viel stärker, wenn du sie vorne kaltmachst«, sage ich. (Es ist gut, daß niemand zuhört, der das spezielle Hörspieldeutsch nicht beherrscht.) Haben wir uns festgefahren, so stehen wir auf und klammern uns von beiden Seiten an den Kachelofen. (Mit warmem Bauch denkt es sich konstruktiver.) Nach zwei Minuten, in denen ich es nicht lassen kann, vom Thema abzulenken, damit in unseren Gehirnen nicht Heißlauf eintritt, versuchen wir es wieder. Manchmal (selten) ist mir inzwischen eingefallen, was die Heldin in ihrem Busen fühlt, dann reiße ich das Blatt aus der Maschine, schiebe ein paar Stühle zurück und spiele dem interessierten Autor die Szene vor. Ich vermisse die strenge Schule von Gründgens dabei nicht. Was mein Naturtalent vermag, genügt meist, Michael davon zu überzeugen, daß die Sache *so* nicht saß.

(In den ersten Jahren unserer Seehamer Best-Sellerei kam es noch vor, daß Besucher oder Lieferanten vom offenen Fenster des Anbaus erbleichend zurückprallten, weil sie mich drin hatten schreien hören: »Nie hätte es so weit kommen dürfen! Ich wollte lieber, du wärst tot!« Sie haben sich inzwischen daran gewöhnt, daß nicht alles, was man bei

Nadolnys hört, eheliche Auseinandersetzungen sein müssen.)

Die Köchin, die wir hatten, als ich ungefähr acht war, hieß Zenta, und ihre Lieblingsbeschäftigung war, Erbsen auszupahlen. »Da sieht man doch, was man schafft«, pflegte sie zu sagen und schaute befriedigt in die Schüssel. Ich liebe die Fabrikation von Hörspielen aus dem gleichen Grunde.

Prosawerke wachsen so leise und unmerklich, daß man manchmal verzweifeln könnte. (Und wenn sie zu schnell wachsen, dann taugen sie hinterher nichts.) Auch haben sie in ihrer Entwicklung seltsame, unerklärliche Stockungen. Früher machte es mich rasend, wenn Michael, nachdem ihm endlich etwas eingefallen war, den Schreibtisch floh und entweder die Hecke schnitt oder den Wagen wusch oder sein Radio auseinandernahm. Oft ging ich einen ganzen Vormittag lang auf Zehenspitzen und verschob das Kleinholzmachen, weil ich glaubte, der Ärmste quäle sich gerade mit dem schwierigen Schluß des zweiten Kapitels in seinem Roman. Und wenn ich dann endlich in sein Zimmer trat, um ihn zum Essen zu bitten, dann saß dieser Mensch da und las in einer Autozeitschrift!

Im Laufe der Jahre habe ich gelernt, mich dem Phänomen des Prosa-Werdens anzupassen. Wenn ich mich drei Tage lang diskret zurückgehalten und *nicht* auf das in Michaels Maschine eingespannte

Blatt geschielt habe, nur um am vierten Tag dort noch immer die gleiche Seitenzahl prangen zu sehen – dann schaue ich weg und tue so, als hätte ich mir tatsächlich nur eine Büroklammer leihen wollen.

Das Hörspiel aber wird längst vor Weihnachten fertig sein. Es ist eine wundervolle Abwechslung im Sinne der Köchin Zenta. Auch wenn es mich wahrscheinlich um mindestens zwei Sorten Pfefferkuchen bringt, die gerade jetzt unbedingt gebacken werden sollten, weil sie so lange ablagern müssen.

18. Dezember

Wie war das damals mit meinen Adventskalendern? Zuerst war das Bild dunkel und leer, dann wurde es mit der Zeit immer bunter und bewegter. Ich habe eine Variation dieser Vorfreudenspender neu für mich erfunden. Die leidigen »Glückwünsche zum Fest« in allen Farben und Formen, die künstlerischen und kitschigen, lieben, merkantilen, repräsentativen kommen alle mit Reißzwecken auf eine große Pappe an der Wohnzimmerwand, werden täglich mehr. So um den 22. herum müssen Onkel Peter aus Kopenhagen und der Kohlenhändler schon ein wenig zusammenrücken.

19. Dezember
Wieder überall die Sehnsucht nach weißen Weihnachten, dem Symbol des strengen Winters der Bilderbücher: »kernfest und auf die Dauer«, Sehnsucht nach der Welt der Großeltern, die wenigstens hierin in Ordnung gewesen zu sein scheint. Statt dessen schmutzig-grauer Übergang und auf manchen Gabentischen die Pauschalfahrkarte zu südlichwarmen Inseln, die Flucht in eine fremde Zwischenjahreszeit.

20. Dezember
Habe ich eigentlich als Kind bekommen, was ich auf den Wunschzettel geschrieben hatte? Wenn nicht, ist es mir frühestens nach Heiligdreikönig eingefallen. Wie stark muß der Glanz des Festes gewesen sein. Wie stark ist er noch immer. Auch diesmal wünsche ich mir Säckchen mit getrocknetem Lavendel und warme Einlegsohlen und bekomme statt dessen alles mögliche andere. Und bin nicht enttäuscht.

22. Dezember
In der Kutsche, in der unsere kleine Familie durchs Leben fährt, sitzen Michael und der Junge in Fahrtrichtung, ich nach rückwärts gewendet. Ich sehe die Dinge erst wirklich, wenn sie vorüber sind

und weit hinten in der Ferne verschwinden. Je näher Weihnachten kommt, desto weiter sehe ich zurück.

Wenn ich mit der Mama am 24. von der Markuskirche in der Amalienstraße zur Bescherung heimging, wurde es dunkel und kalt. Mach schön den Mund zu, sagte die Mama. Bei jedem zehnten Schritt mußte ich in gewaltiger Vorfreude ein bißchen hopsen, und die Wollstrümpfe kratzten. Ich fragte, ob hinter dem erleuchteten Fenster hier, da, dort drüben auch bestimmt, ganz bestimmt jetzt alle Leute glücklich wären. Was hat die Mama geantwortet? (Sie war gewarnt, meine Tränenströme über alles, was arm und unglücklich war, hatten sie so manche halbe Stunde Wiegen und Trösten, so manches Glas Zuckerwasser und Baldriantropfen gekostet. Andersens Märchen vom kleinen Mädchen mit den Schwefelhölzern durfte nicht mehr vorgelesen werden.) Sicherlich habe ich gar keine Antwort erwartet. Die Erwachsenen würden sich der Sache schon irgendwie annehmen.

Nun bin ich erwachsen. Nun wäre es an mir, das Helfen und Trösten, bei den vielen, die den Heiligen Abend bagatellisieren und versachlichen müssen, weil ihnen sonst das Herz zu schwer würde. – Gestern sagte jemand zu mir: »So ein Heiliger Abend geht ja auch vorbei, und am ersten Feiertag essen wir meist recht gut.« Auch solche Menschen werden hinter den erleuchteten Fenstern gewesen sein, damals schon.

23. Dezember
Alles ist fertig verpackt. (Mein Kleiderschrank geht vor Päckchen nicht mehr zu.) Die »Ordnung für das Christkind«, auf die in der Kinderstube so streng geachtet wurde, ist hergestellt. Unter den Geleegläsern müßte natürlich noch feucht gewischt werden, aber darauf kommt es nicht an. Die Briefe sind beantwortet, die Rechnungen bezahlt, und weil ich nach den Feiertagen immer etwas überfressen und unlustig bin, sind auch die guten Vorsätze fürs neue Jahr schon jetzt gefaßt. Übrigens: Was würde ich tun, wenn ich wüßte, daß es mein letztes ist? Dasselbe! (Nun ja, und mir außerdem vielleicht den Persianermantel zurückkaufen, den Mama in den schlimmen Zeiten hat hergeben müssen. Vielleicht. Nur wenn es wirklich das letzte wäre.) Morgen vormittag werden wir, wie seit Jahren, allen Vernunftgründen zum Trotz, einen weiten Spaziergang zu unbekannten Dorfkirchen machen. (Ein wunderbares Rezept gegen die Hetzerei der Hausfrau.) Und nach Tisch kommt die stillste Stunde des ganzen Jahres, in der ich hinter verschlossener Tür den Baum schmücke. Nichts kürzt sie ab, man kann sie gar nicht abkürzen, denn wenn man eilig wird, hängt nachher die La-

metta schief. In völliger Ruhe kann man daher weit in die Ferne denken, an alle Freunde, an alle, die jetzt irgendwo auf der Welt den Baum schmücken, an die liebsten Lebenden, die liebsten Toten. Da wir Silvester meist nicht allein sind, ist dies der Augenblick des Jahresabschlusses himmlisch-irdischer Konten und die Dividendenausschüttung all der Liebe, die ein Jahr lang in mich investiert worden ist.

Dann erst öffne ich die Tür.

28. Dezember
Von allen Seiten kommen Berichte, wie schön, wie gemütlich, wie ganz besonders Weihnachten heuer war. Einige wissen sogar, warum: Unsicherheit und Bedrohung haben das gesteigerte Lebensgefühl der bösen Jahre wiedererweckt. Für viele ist daher die kostbare Stunde noch kostbarer, vielen schmeckt die Gänseleberpastete deshalb so unvergleichlich, weil sie nicht sicher wissen, ob sie sie nächstes Weihnachten noch kriegen werden. Und für andere wiederum verwandelt sie sich gerade bei diesem Gedanken in Sägemehl.

29. Dezember
Der vergilbte, fleckige, bekritzelte Wandkalender (1100 Gramm wiegt der große Einkochtopf leer,

die Putzfrau hat 2.20 gut, 8 Wochen reicht die größere Propangasflasche) ist abgerissen und verheizt, der neue an die Wand genagelt. Suchend schaut man sich darauf um, wie auf einer Luftaufnahme, um bekannte Punkte zu entdecken. Ostern ist spät, es wird also schon recht warm sein. Dickis Geburtstag fällt auf einen Sonntag, vielleicht bekommt er Urlaub. Es ist das Pfeifen eines Kindes im Dunkeln, das sich Mut macht. Denn was da hängt, ist das Antlitz der Sphinx, das Unbekannte, das wir fürchten, ist darin versteckt. Verschlossen und lauernd nennen sich Tage Kamillus, Arbogast oder Joh. v. Cap., an denen uns unerhörtes Glück begegnen oder der Blinddarm durchbrechen kann (von der Politik einmal ganz abgesehen!). »Herr General haben wohl Angst?« fragte der forsche frischgebackene Leutnant im Feuer den Deckung suchenden Erfahrenen. »Wenn Sie so Angst hätten wie ich, mein Junge, wären Sie gar nicht mehr hier«, sprach der Ältere milde.

1. Januar

Warum nur sind die Kirchenglocken im Radio, die das neue Jahr einläuten, so ergreifend, viel ergreifender als etwa Beethovens Neunte? Nun, weil man dabei den Atem der Zeit wirklich zu hören meint, aus Ehrfurcht vor dem Alter dieser erzenen Bässe und Tenöre? Oder weil die Phantasie den nächtlich-kalten, leeren Platz, auf dem sie stehen, so deutlich sieht, die kalkigweißen Straßenlaternen, den hohen Turm, der sich nach oben im Dunkeln verliert?

»Sehr rührend«, sagte jemand ganz Gescheites von oben herab, als er Feuchtigkeit in meinen Augen bemerkte. »Die Tränen beim Sekt«, sagte ich, »kommen daher, mein Herr, daß mir immer die Kohlensäure in die Nase steigt.«

4. Januar
Morgen kommen, wenn es dunkel wird, die Heiligen Drei Könige. Sie gehen durchs Bauernhaus, ihre unsichtbaren Brokatmäntel schleifen über die Schwelle von Stall, Küche, Milchkammer und Schuppen. Zurück bleiben Weihrauchduft und drei frische Kreidekreuzchen für Caspar, Melchior, Balthasar.
Als meine Fausthandschuhe noch mit einer Schnur zusammengehängt waren und man mich vor den Krippen der Münchner Kirchen hochheben mußte, fragte ich, wie die Könige den weiten Weg aus dem Morgenland vom 24. Dezember bis 6. Januar zurücklegen konnten. Heute nehme ich Wunder, wie sie kommen. Ich frage nicht mehr.

8. Januar

In Büchern für die perfekte Hausfrau steht unter der Rubrik »perfekte Gastgeberin« unweigerlich, daß man seinem Logiergast ein hübsches Buch auf den Nachttisch legen soll. Was aber ist ein hübsches Buch? Der eine wird Kin Ping Meh loben und dafür bei einem Wiechert Hautausschlag bekommen, der andere nur Kriminalromane wünschen, oder aber Ludwig Thoma, weil er doch in Bayern ist. Auch hierin ist »dem einen sin Uhl, was dem andern sin Nachtigall«. Will ich daher einer Dame, die alles, vom Kinsey-Report bis zu den Barrings, bereits kennt, eine Freude machen, so lege ich ihr die Kochbücher von Großmama auf den Nachttisch. Zwar beginnen sie nicht mit dem klassisch gewordenen »Wenn man nichts im Hause hat, nehme man einen Puterhahn ...«, doch verwendete Großmama immerhin zu einer klaren Bouillon ein ganzes Huhn, ein halbes Pfund Spargel, fünf Pfund Rindfleisch und zwei Tauben. (Wenn ich diese Zutaten beieinander habe, so mache ich nicht klare Bouillon, sondern das Menü für die ganze Woche!) Doch selbst finanziell gut gestellte Gäste, die sich solche Bouillon vielleicht leisten könnten, lesen mit Interesse, daß Großmama »Compote aus frischen Pflaumen auf einer flachen Schale anordnete«, und ein weiblicher Gast kam einmal noch nach Mitternacht an mein Bett, den Finger zwischen den Seiten des Kochbuchs, und fragte mich, ob eine Wirtschaftstorte etwas sei, das viel Wirtschaft macht, oder etwas, das man dem Personal im »Leutezimmer« auf den Tisch stellt? (Ich wußte es auch nicht.)

Bei männlichen Gästen muß man mit Kochbüchern als Bettlektüre vorsichtig sein. Einer bekam bei den Beschreibungen und safttriefenden Abbildungen solchen Appetit, daß er mit Michael nachts in die Küche schlich. Ich hatte den Herren nichts zu bieten als Vollkornbrot, kalten Kartoffelbrei und ein Ende Mettwurst, das so aussah, als sei es überfahren worden.

10. Januar

Heute war der Endiviensalat in ein Zeitungsblatt gewickelt, auf dem eine junge Dame mit provozierenden Formen gerade so etwas wie Rumpfbeuge rückwärts macht. Sie sah aus wie hundert andere. Eines jedoch ist an ihr besonders: sie ist taubstumm. Man rechnet damit (steht unter dem Bild), daß sie eine Blitzkarriere beim Film macht.

Was für ein Gedanke, die taubstummblinde Helen Keller, die eine ganze Welt so vieles über das Mensch-Sein lehrt, könnte jemals versucht haben, durch ihre Weiblichkeit zu wirken.

14. Januar

Nun sind alle Weihnachtsbücher ausgelesen, nun bekommt man schon diejenigen der Freunde und Bekannten geliehen. Viel Vergnügen hatte ich nicht daran. Zwei der Bücher waren mit Ekelhaftem wie mit Tretminen verseucht, alle Augenblicke explodierte wieder eine. Es wäre schön, wenn man schon auf dem Schutzumschlag gewarnt würde; mein Gedächtnis schleppt derlei ein Leben lang mit, eine unverdiente Strafe, die ich mir gern erlassen möchte.

Auch zur Zeit meiner Eltern gab es unpassende Stellen in den Büchern, die in der zweiten Reihe im Bücherschrank standen, hinter Brehms Tierleben und der Weltgeschichte. (Wir fanden sie immer sehr bald.) Warum nur hat man sie vor uns verbergen wollen? Es waren so entzückende Unanständigkeiten: feurig, lebensbejahend, ein Loblied auf alles, was uns – wenn wir Glück hatten – als Erwachsenen bevorstand. Damals war einzusehen, daß, wie Wedekind sich ausdrückt – die Erotik der Geist des Fleisches ist. Die Bücher mit den freudlos enthüllten Unappetitlichkeiten werden nicht mehr in die zweite Reihe gestellt. (Wieso wird eigentlich etwas dadurch »passender«, daß es augenscheinlich weder dem Autor noch den beiden handelnden Personen Spaß macht?) Und dabei sind sie wirklich unanständig, weil sie nämlich mehr verletzen als nur das Schicklichkeitsgefühl. Sie verzerren das Menschenbild, machen aus der Liebe einen klinischen Befund und experimentieren (leicht angewidert) mit etwas herum, womit sich der liebe Gott bei der Schöpfung die größte Mühe gegeben hat. – Nein, zu verbieten braucht man diese Bücher nicht. Ekel ist nichts, was man gern längere Zeit hindurch empfindet.

17. Januar

Wie still es heute wieder im Wald war. Erst wenn man nach dem Stehenbleiben den eigenen Atem und Herzschlag nicht mehr hörte, zerteilte sich die Stille in kleine, bewegte Muster, wie die Dunkelheit vor den Augen, wenn man die Finger gegen die geschlossenen Lider drückt: tropfende, eintönige Vogellaute, das Rieseln von Schnee oder Nadeln, das Knarren eines Stammes in unmerklichem Lufthauch.

Manchmal möchte man lieben Freunden statt jedes anderen Gedenkens eine Blechbüchse voller Stille zuschicken, in ihre hellhörigen Neubauten, in ihre von Verkehrsgebrüll überschwemmten Büros. Nicht alle können damit umgehen. Wie viele sind schon, pausenlos redend und berichtend, ihr Inneres umstülpend, neben mir durch diesen Wald gegangen und haben nach einer Stunde geäußert: »Köstlich, die Ruhe hier.« Sie kennen die große regenerierende Kraft der Stille nur noch vom Hörensagen, sie sehnen sich danach, aber nur theoretisch. Empfinden sie sie insgeheim vielleicht gar nicht als »Paradiesruhe«, sondern als »Grabesstille«?

20. Januar
Überall liest man Kommentare über die zu Ende gegangene Fernseh-Kriminalserie. Sie scheint gewaltig ins Familienleben eingegriffen zu haben. Eine Bekannte von mir, die am Tag der letzten Folge einen Sohn bekam, fragte den in die Klinik geeilten Vater innerhalb der ersten fünf Minuten, wer denn nun der Mörder sei. Sie war ein bißchen enttäuscht, bei seiner Entlarvung nicht dabeigewesen zu sein. Ich war dabei. (Ein feuchtes Küchentuch in der Hand, die Schürze um. »Komm doch mal eben, es scheint doch der Gutsbesitzer gewesen zu sein.«) Mir wurde jedoch nicht klar, warum der Mörder eigentlich angefangen hatte zu morden, seinerzeit. Es leuchtete mir psychologisch nicht ein. Seltsam, daß etwas so spannend sein kann, daß Qualität dabei keine Rolle mehr spielt. Ich glaube übrigens nicht, daß es ein Zeichen für die Sensationsgier unserer Zeit ist, dies Vergnügen am Scharfaufpassen und Herauskriegen. Als Mama noch einen langen Zopf trug und mit ihren Eltern 1890 nach Meran reiste, schrieb sie (fein auf, dick ab) in ihr Wachstuchheftchen: »Amüsierten uns

abends im Hotel köstlich mit dem Raten von Charaden in mehreren Folgen.«

26. Januar
So viele schreckliche Brandunglücke es auch in letzter Zeit gegeben hat, ich kann noch immer nicht die Bilder vom Zirkusbrand in Mittelamerika loswerden, die tückisch in einer Zeitschrift gelauert hatten, um mir beim Friseur ins Gesicht zu springen. Ich glaube, es waren über zweihundert Tote, meist Kinder, denen man mit der Vorstellung eine Weihnachtsfreude hatte machen wollen.

(Warum einen nur manche Menschen um die Phantasie beneiden, die erbarmungslose, automatisch einsetzende, unbeherrschte Phantasie, die mich im überfüllten Leichenschauhaus der fremden Stadt Verkohltes identifizieren läßt?)

Ein Betrunkener soll das Ganze verschuldet haben. Er drohte, den Zirkus anzuzünden, wenn er keine Eintrittskarte mehr bekäme, und man fand später die Stangen des Zirkuszeltes angesägt. Was würden die Mütter tun, wenn dieser Mann ihnen in die Hände fiele. Was würde ich tun?

Da ist es, das Unheimliche, das mich die Bilder nicht vergessen läßt: Ich bezweifle, daß mir meine Zivilisationspolitur, meine in Jahrzehnten erworbene leidliche Besonnenheit, mein humanistisches Ideal in diesem Fall nützen würden. Schon bei dem

Gedanken an diesen Mann sträuben sich mir die Nackenhaare wie einem Hund; der kalte Schauder des Jähzorns, den ich aus meiner Kindheit kenne, das seltsame Erblinden für Zusammenhänge, Größenordnungen und Vernunft, ich spüre sie wieder. – Und da habe ich geglaubt, es sei kindereinfach, anstatt mitzuhassen, stets mitzulieben.

29. Januar
Heute stand ich am Ufer, die Berge hatten das Blau behauchter Pflaumen. Die Schwäne waren wieder da, auch der große Patriarch, der immer aus dem Wasser steigt und mich tadelnd in die Mantelknöpfe beißt, wenn ich nicht genügend Brot mitgebracht habe. In der Ferne rauscht ein Zug, der gleiche, den ich mir als Sechzehnjährige so gern als D-Zug Wien–Paris vorgestellt und dem ich all meine Lebensgier und mein Fernweh mitgegeben habe. Seit wann weiß ich, daß keine Stadt so schön sein kann, wie sie in meiner Vorstellung und Erinnerung lebt? Sind es erst Jahre oder schon Jahrzehnte? (Hinten im Adreßbuch, zwischen Telefonnummern, Geburtstagen und Handschuhgrößen steht das Zitat: »Der Duft der Dinge ist die Sehnsucht, die sie in uns nach sich erwecken.« Woher mag es stammen?)

14. Februar

Wie war ich damals in der Elisabethstraße traurig, weil ich noch nicht mit auf den Fasching durfte. Schmerzlich erregt bewunderte ich meinen Bruder (im Russenkostüm mit der Balalaika, oder als Beduine mit Messing-Vorhangring im Ohr, das Gesicht dunkelbraun dank Leichners Fettpuder), der sich den amüsierten Eltern noch einmal zeigte, ehe er auf unvorstellbar herrlichen, turbulenten Festen verschwand, Mitteldingen zwischen den Sektreklamen in den Illustrierten und dem Ball aus der ›Fledermaus‹. Wie wundervoll mußte es sein, jemand anders darzustellen, freche Sachen zu sagen, die zum Kostüm paßten, sich ungeniert an fremde Leute zu schmiegen, die einen als Frau für voll nahmen, und zu tanzen, zu tanzen, bis man umfiel, nicht bloß die vorgeschriebenen Stunden bei Meister Valenci oder, wenn's hochkam, einmal im Cherubinsaal bis halb eins! (»Nun ist es aber genug, Mausi, schau, Anneliese geht auch schon.«) Im Morgengrauen heimkommen, Konfetti im Haar, wie manche, denen ich auf dem Schulweg begegnete (seidene Hosenbeine unterm Mantel, eine zerdrückte Harlekinkrause um, eine Pritsche in der Hand).

Doch nein, es durfte keine Ausnahmen geben. »Nicht für ein Küken wie dich.« Der Fasching würde mir beschert werden, zu seiner Zeit.

Er wurde es. Zu meinem Leidwesen hatte er

nicht die geringste Ähnlichkeit mit dem unerfüllt gebliebenen Traum. Ich konnte mich verkleiden, soviel ich wollte, ich wurde niemand anders. Das Wesentliche an mir blieb schrecklich unverändert. Freche Sachen zu sagen (halben Herzens, gelegentlich errötend), ließ ich bald, weil ich dann als Frau derartig für voll genommen wurde, daß ich ängstlich in die Garderobe entwich. Das Tanzen wurde rasch zur Plage, es war zuwenig Platz dafür vorhanden, und Teile von Ritterrüstungen stießen einem ins Kreuz, Pfauenfedern ins Gesicht. Nur selten gab es schöne Kostüme zu bewundern, und die darin steckten, spielten ihre Rolle nicht sorgfältig. Mit dem ungenierten Anschmiegen war es schon gar nichts: es schien immer gerade denjenigen Männern daran zu liegen, die ihre erotische Anziehungskraft beträchtlich überschätzten. (Hatte ich nicht bei privaten Gelegenheiten voller Entzücken einen wohlgezielten Kuß entgegengenommen, auf den ein Abend zugeströmt war wie ein Fluß auf einen Wasserfall? Nun, wo sich jeder Unbekannte auf das Recht der Maskenfreiheit berief, war ich davon so peinlich überrascht, als wären der Postbote am Schalter und der Schaffner in der Trambahn plötzlich in Zärtlichkeiten ausgebrochen.) Die späte Stunde, zu der ich einst nach Hause gehen mußte, brachte keine Wunder mehr, nur noch eine so starke Enthemmung aller Beteiligten, daß ich als wohlerzogener Mensch manchmal meinte,

wegschauen zu müssen. Flüchtete ich auf das Musikerpodium, so sahen die im wechselnden Scheinwerferlicht dahintreibenden, schweißnassen Gesichter der Zusammengepferchten höllisch unheimlich aus. Menschenfreundliche Piraten, Indianerhäuptlinge und Mephistos, der Meinung, ich käme da droben irgendwie zu kurz, zogen mich vom Podium nieder, um mir eine neue Kultur Grippebakterien anzuknutschen und mich der allgemeinen Lustbarkeit wieder einzuverleiben. Es dauerte ewig, bis ich den Mann im Gewühl wiederfand, der meinen Hausschlüssel und meine Garderobenmarke in der Tasche hatte. (Er hatte sich diskret abseits gehalten, um mir Gelegenheit zu geben, mich einmal unbeobachtet auszuleben!)
»Du bist eben mit den falschen Leuten ausgegangen«, hieß es. Ich versuchte es noch ein paarmal. Doch das Tischtuch zwischen dem Fasching und mir blieb zerschnitten. Natürlich lag es einzig und allein an mir, dem geborenen Spielverderber.
Gestern war im Seehamer Dorfgasthaus nachmittags eine Art Kinderfasching: eine Ziehharmonika, ein ausgeräumtes Nebenzimmer und sonst nichts. Das jüngste Paar war etwa sechs und vier. Er mit schneidigem Hut und Pompon darauf, sie als Rotkäppchen, die Haare offen. Selig verglast, ohne Grazie, ohne Vorstellung davon, was Rhythmus ist, drehten sie sich engumschlungen durch den Raum, zwei Bärchen, ins Außergewöhnliche ge-

steigert durch ein bißchen Kostüm und Schminke. Und die Faschingsseligkeit und ihr Zauber waren wieder da für mich. Denn bei Frauen zwischen vier und achtzig stirbt die Illusion niemals.

17. Februar

Marie von Ebner-Eschenbach sagt: »Manche Leute meinen, sie hätten ein gutes Herz, und haben nur schlechte Nerven.« Ich habe diesen Satz (wenn auch ungern) auf mich bezogen, die ich wegen eines bei mir anklopfenden Bettlers tränenüberströmt Kleider- und Speiseschrank plünderte und in fremden Städten zerlumpte Kinder zu Schokolade und Kuchen einlade. Muß ich mich schämen, weil erst das Bild, das auf meine Netzhaut auftrifft, spontanes Handeln auslöst? Vielleicht nur, weil ich dadurch meinem Mit-Leiden ein Ende mache?

Neulich hat eine gescheite Frau mir erklärt, daß es nicht auf den Impuls, sondern auf die gute Tat ankäme. Darf ich ihr glauben?

20. Februar

Auf schneeglatten, regennassen, vereisten Straßen sollten nur gute Autofahrer sich bewegen. So heißt es. Von den Beifahrern wird nicht gesprochen. Wie steht es mit denen, die alle Widerstände pfeilschnell auf sich zurasen sehen und deren Vorstellungskraft ungebärdig alle üblen Möglichkeiten abspult, vom krachenden Aufprall bis zur Testamentseröffnung? »Lies doch etwas«, schlägt Michael vor (der so konzentriert fährt, als erwarte er jede Minute ein Rudel Rehe oder ballspielende Kinder in der Fahrbahn), »das wird dich ablenken.« – Die Autobahn ist lang. Meine Bildungslücken schließen sich. Doch ich bin nicht immer in der gleichen Nervenverfassung. Es gibt Tage, an denen ich meine, das einzige Buch, das sich bei solcher Fahrt als Lektüre eigne, sei das Gesangbuch.

21. Februar
Bei schlechtem Wetter ergeben sich in der Stadt oft überraschende menschliche Kontakte, wo man sonst mit starren Gesichtern aneinander vorübergeht, ein Fremder unter Fremden. Rutscht man jedoch leicht aus und spritzt einem der Matsch bis in die Kniekehlen, so lächelt man einander zu. »Ja pfüat di Gott!« sagte ein Mann, als wir gemeinsam von einem Vorüberfahrenden eine erfrischende Dusche entgegennehmen mußten. Er meinte es keineswegs als Abschiedsgruß, sondern als Einleitung zu einem Gespräch. Und auch die ungeheuer reservierte Dame im kostbaren Pelz wurde, als zwei Meter neben uns eine Dachlawine herunterpolterte, beinahe zutraulich, weil es noch einmal gutgegangen war.

25. Februar

Um Himmels willen, keine Gespräche über Dienstboten, hieß es früher. Heute ist es eines der amüsantesten Themen.

»Ja, meine Putzfrau kommt noch. Geld hat sie genug, aber sie liebt uns.«

»Die meine kommt nur, weil ich sie süchtig gemacht habe. Sie kriegt bei mir einen ganz bestimmten Rotwein, der ihr schmeckt.«

»Solange unsere Putzfrau meine Sammlung leicht anstößiger Schriften nicht durchgelesen hat, besteht Hoffnung, daß sie wiederkommt.«

Gestern finde ich eine Freundin, die das Pech hat, einem Villenhaushalt vorzustehen, zwischen krähenden und sabbernden (sehr süßen) Babys auf dem Teppich. »Ach, das da ist von der Büglerin, das gehört der Köchin, und das dort hat die Putzfrau mitgebracht. Ich müßte jetzt eigentlich dringend weg – aber wer hütet dann die Kinder?«

Wir hier auf dem Dorf fangen auch an, uns Gedanken zu machen, womit wir die Putzfrau an uns ketten. Der Sog nahe liegender Skihotels ist ungeheuer.

28. Februar

Nicht nur stieß Michael schon vor dem Frühstück mit einem Fensterflügel sein Kaffeekännchen vom Tisch, und die Brühe ergoß sich auf den grauen

Velours, nicht nur tat mir der linke obere Backenzahn unvermutet wieder weh, so daß ich auf heiß und süß hinter den Ohren schwitzte, nicht nur hörte ich, daß Dicki bei einer militärischen Nachtübung mit der Hand in einen Stacheldraht geraten war und mit eiternder, verbundener Vorderpfote »innendienstkrank« ist (ein Fachausdruck, der besagt, daß ich ihn diesmal wieder nicht sehen werde), nein, die Steuer wählte diesen Tag, um eine gewaltige Nachzahlung für irgendeine graue Vorzeit zu fordern. Außerdem fehlte es nicht an den gewissen kleinlichen Tratzereien, die ebensowenig Schicksalsschläge sind und dennoch eine stille Wut erzeugen: Man kann das mir geschenkte Kleid, dessen Farbe mir so gut steht, nicht ändern, weil kein Stoff mehr da ist. Die Ölwagenleute stellten mit dem kalten Blick der Experten fest, daß unser Ölverbrauch doch wesentlich höher liegt, als ich gehofft hatte. Bei den Sesseln im Wohnzimmer, die doch gewiß nicht billig waren, bricht schon jetzt das Geflecht der Rückenlehnen. Ich brauche gar nicht erst aus dem Fenster zu schauen, ob der Maulwurf den mühsam angesäten Rasen zerstört hat: – er hat. Es muß auch solche Tage geben, pflegte Mama zu sagen.

Und dann ruft jemand an. »Wie geht's euch denn so?« wird gefragt. »Danke, ausgezeichnet!« erwidere ich freudig bewegt. Und bemerke erst dann, daß ich die Wahrheit gesagt habe.

2. März

Makabre Geschichten, in denen Tote nicht zur Ruhe kommen, werden von den meisten Menschen als Auswüchse einer irregeleiteten Phantasie abgelehnt. In jener Zeit, die Papa als »Hochschwabing« bezeichnete, wurde Gustav Meyrink für seine Spielereien mit dem Unheimlichen angegriffen. (Auf so etwas Ausgefallenes käme nur jemand, der gelegentlich zu Rauschgift griffe, urteilte man.) Nie wäre es ihm eingefallen, einen Planeten zu erfinden, der von einem toten Hund und einem toten Mann, in Metallkapseln eingelötet, umkreist wird – wie der unsrige.

3. März

Man hört nur noch selten: »Ich bin traurig. Ich bin verzweifelt.« Es heißt jetzt: »Ich bin zur Zeit so depressiv.« Will man sich mit einem Wort am Leiden vorbeimogeln, als sei das Leiden eine Blamage, ein Versagen? Muß man es darum ins Klinische, also Heilbare umdeuten?

Bei dieser Inflation der Fachausdrücke erwarte ich demnächst zu hören: »Sie war so deprimiert über den Tod ihres Mannes.«

4. März

Die Gelehrten haben festgestellt, daß das Gedächtnis der Menschheit in den letzten Jahrzehnten nachgelassen hat. Sie sprechen vom »köstlichen Erinnerungsvermögen der Analphabeten«, und wir hören traurig, daß die Menschenfresser sich jahrelang Dinge merken können, die in unserem Kopf gar nicht registriert werden. Ja, selbst unsere Großväter waren uns darin noch überlegen. Erst neulich hat mir ein alter Herr so viele Strophen eines Gedichtes auswendig aufsagen können, daß darüber die Suppe kalt wurde. (Er erinnerte sich sogar, von mir angestachelt, noch an jede Adresse, an der er jemals gewohnt hatte, und daran, was die Frau seines Deutschlehrers für eine Geborene war.)

Bei uns steht es darin schlechter. Wer jemals die einander widersprechenden Zeugenaussagen bei einem Verkehrsunfall gehört hat, gibt den Gelehrten recht, die da sagen, daß wir für das Wesentliche überhaupt keinen Blick mehr haben. Das Wesentliche wäre in dem Fall die Unterscheidung von rechts und links, von schnell und langsam, von Standlicht und Scheinwerferlicht. Aber trotzdem: von uns wird ein bißchen viel verlangt. Wie viele Tausende von Informationen soll ich geordnet im Kopf haben: Welche Telefonnummer meine Schwägerin hat, in welche Elektrische man zum Zoologischen Garten umsteigen muß, was ich gestern der Gemüsefrau gezahlt habe und wer in dem Film in der kleinen Kreisstadt die Partnerin von O. W. Fischer ist. Da bleibt für das, was ich mir merken will, gar kein Platz. Ich habe in meiner Not zu Papier und Bleistift gegriffen und schreibe mir Besorgungen vorher auf, um nicht von irgend etwas unterwegs abgelenkt zu werden. Natürlich kommt es vor, daß man einer Bekannten begegnet, die auf freundlichen Gruß mit abwesendem Lächeln murmelt: »Einlegesohlen, Bügelschnur, Mottenpulver.« Das sind nämlich die drei Dinge, die sie vergessen hat, auf den Zettel in ihrer Hand zu schreiben. Auf dem Zettel stehen die übrigen vierzehn. Ich habe sogar schon erlebt, daß jemand einen Rundgang durch die Stadt abbrechen mußte, nicht weil man ihm das Portemonnaie gestohlen hatte, sondern weil er seinen Besorgungszettel irgendwo hatte liegen lassen.

Die Regel der alten Schule lautete: Trainieren, trainieren! – Auswendig lernen, Kolonnen sich merken, immer längere. Die moderne Schule sagt: Ballast über Bord. Das Gehirn nimmt nur Teilstücke auf. (»Mittwoch, Mittwoch, was sollte ich denn bloß heute ...? Was hast du gesagt, was wir gegen Abend nicht vergessen dürfen zu tun ...?«) Zettel anlegen, das Unwichtige aufschreiben, erledigen, abhaken, Zettel wegwerfen. Das, wobei das Gefühl beteiligt ist, vergißt man ja sowieso nicht. (Zentimeterlänge des Kindes, Schuhgröße des

Mannes, einen Todestag, den Namen jener Dame, von der ein Ehemann neulich sagte, sie sei phantastisch.)

»Du mit deinem wunderbaren Gedächtnis« – heißt es, beinahe vorwurfsvoll. Es ist keine reine Freude, diese Gottesgabe. Setzt es nämlich einmal wider Erwarten aus, so habe ich niemanden, den ich fragen kann: »Du, wo war das, wo der Ober uns damals falsch herausgegeben hat?« Oder: »Wie hießen die Leute, die sich unsere Kaffeemühle leihen wollten?« Eisern erwidert mir meine Familie: »Keine Ahnung mehr!« Ganz zu schweigen von den Leiden, die ich nachts ausstehe, wenn ich uralt verjährte Kräche mit längst verblichenen möblierten Wirtinnen wieder aufwärme und mir – erst jetzt – einfällt, was ich damals hätte sagen sollen, aber nicht gesagt habe. Ich wollte, ich wäre wie Großtante Anna. Sie konnte sich keine Daten einprägen, eine Liste der Familiengeburtstage hatte sie an einem stillen Ort an die Tür geheftet, um keinen zu übersehen, aber wenn man sie fragte, wieso sie denn zu Meiers so hilfsbereit sein könne, die hätten ihr doch so gräßliche Scherereien gemacht, dann erwiderte sie: »Scherereien? Tatsächlich? Nein, daran erinnere ich mich nicht, so was kann ich mir nicht merken.« Ein gutes Vergeßnis, das wünsche ich mir.

5. März

In den Gemeinderatssitzungen Seehams beginnt man sich ernste Gedanken darüber zu machen, wie man noch mehr Fremde in den im Sommer ohnehin überfließenden Ort locken könnte. Man denkt sich dazu Attraktionen aus. Auch über die künstlerische Gestaltung eines Ortswappens wird diskutiert.

Das Hochwasser hat inzwischen dafür gesorgt, daß zu den etwa zwei Tonnen vorjährigem Abfall am Ufer noch einige weitere Doppelzentner angeschwemmt worden sind. Man kann dort kaum noch gehen, geschweige denn niedersitzen. Auch fehlen noch immer gewisse Örtlichkeiten...

Und da zerbricht man sich den Kopf über ein Ortswappen?

6. März

Die großen Muscheln, die Korkrinde, die Andenken an das Mittelmeer liegen völlig tot und leblos im Bücherregal und vermögen nicht, Duft und Farbe des Südens auch nur annähernd zurückzurufen. – Gewisse impressionistische Musikstücke, in denen Flöte (die Syrinx des Pan) und Harfe (die Leier Apolls) vorkommen, können es jedoch so stark, daß man den wilden Thymian im ganzen Wohnzimmer riecht.

8. März

Morgens lese ich in der Zeitung die Klage des berühmten Pädagogen über den Verfall des Erbarmens. Keine zwei Stunden später stoßen wir an einer Straßenkreuzung auf den Menschenauflauf um zwei verbeulte Wagen. Die Sirene heult, Blutendes wird mit einer Wolldecke verhüllt und abtransportiert. Ein Zwölfjähriger sieht seinen Kameraden im Schlenderschritt über die Felder herbeikommen. »Ja schick di halt«, schreit er eifrig, »grad ham se's furt.« Mit häßlicher Präzision fällt die Klappe in meiner Gedächtnisregistratur. Was war es, das der Halbwüchsige unserem Jungen zurief, als man damals den Ertrunkenen aus dem See gezogen hatte? »Wo bist nacha du g'wen?« Sensationen, so meinen diese jungen Dackel, müssen ausgekostet werden. Haben sie wirklich ein so verhärtetes Gemüt? Haben sie nicht nur ein noch zu stumpfes Vorstellungsvermögen? Verfällt das Erbarmen überall?

Ich kann die junge Pflegerin nicht vergessen, die vorigen Sommer in der Bahnhofs-Durchgangsstation das mongoloide Schwachsinnige betreute. Sie nahm sich die Zeit und die Mühe, aus ein paar Blumen ein Kränzchen zu binden und es dem Kind mit zärtlichen Worten aufzusetzen. Eine Geste erbarmungsvoller Zuwendung, die das fürchterliche, glotzende Froschgesicht aus einem Schrecknis in etwas Kostbares zurückverwandelte – in ein Menschenkind. Sie hat ein Fenster aufgestoßen, wo ich eine Wand glaubte. Wenn ich meine, es gäbe kein Erbarmen mehr, dann fällt sie mir ein. »Von einem einzigen Korn«, läßt der Dichter Yeats seinen Engel sagen, »kann die Ernte sich wieder häufen auf dem goldenen Boden der Tenne.«

12. März

Heute kam ein Brief: »Ehe die schöne Jahreszeit einsetzt und Ihr wieder so viel Besuch habt, wollen wir schnell noch einmal bei Euch hereinschauen. Wir schätzen, es wird so zwischen Montag und Mittwoch werden. Vielleicht rufen wir auch noch an.«

Ach, wie war es damals, als das Telefon gelegt wurde? »Paß mal auf, wieviel leichter jetzt alles wird, wenn die Gäste sich vorher ansagen«, hatte Michael, der Fürsorgliche, gesagt, »nicht mehr diese quälende Ungewißheit, ob du mittags mehr kochen oder schon um halb drei Uhr den Kuchen fertig haben mußt.«

Die Gäste jedoch sind fast alle motorisiert, sie rollen die Autobahn so schnell entlang, daß sie nirgends mehr anhalten und telefonieren können, und stürzen, wie früher auch, mit freudigen Schreien in den Garten, wenn Michael und ich gerade die Jauchegrube ausschöpfen oder drei Ster Torf stapeln, weil ein Gewitter über dem See steht.

Noch schlimmer ist es, wenn im Laufe eines Nachmittags zwei Parteien eintreffen, von denen keine vom Telefon Gebrauch gemacht hat.

Es gibt Leute, die gesellschaftliche Talente haben; sie können wildfremde Käuze miteinander auf eine gewisse Temperatur bringen, so daß sich alle Beteiligten wohl fühlen. Ich setze besonders ungern Menschen zusammen an einen Teetisch, die zwar einzeln besehen reizend sind, sich untereinander aber nicht das geringste mitzuteilen haben. Was dann bleibt, sind Gespräche über die Straßenlage ihrer Wagen, und das ist angesichts der Kürze unseres Lebens reine Zeitverschwendung. Manchmal helfen wir uns so, daß Michael mit der einen Partei im Garten, ich mit der anderen hinterm Haus Tee trinke. Kurz vor dem Aufbruch stoßen die verschiedenen Gäste dann auf der Suche nach dem stillen Ort doch irgendwie zusammen, und ihr Abschied verzögert sich stark. Sie müssen dann nämlich alles nachholen, was wir mühsam hintangehalten haben, und fragen einander: »Sind Gnädigste schon länger in Bayern?«

Das Abwinken der motorisierten Gäste haben wir unter uns aufgeteilt. Michael gibt Ratschläge für das Umkehren auf der Wiese hinterm Haus, Dicki winkt, und ich stürze in die Küche und drehe unter allen Töpfen das Gas an, weil es schon wieder reichlich spät für das Abendessen ist. In stark belebten Sommern kommen nach den Teemit-Kuchen-Gästen meist noch Wermut-mit-Keks-Gäste, und wenn wir das bißchen Abendessen hinuntergewürgt haben, müssen wir die Krümel hastig vom Tischtuch schütteln, denn nun können jede Minute die Käsestangen-mit-Wein-Gäste eintreffen.

Ganz unkonventionelle Besuche kommen auch einmal zu anderen Tageszeiten. Der früheste war ohne Zweifel jener junge Schweizer Verkehrspilot, der den See und die Wiese hinter unserem Haus seit Jahren von oben kannte und nun in seinem Urlaub darauf zeltete. Er kam um acht Uhr früh und bat, unsere Steckdose für seinen Rasierapparat benutzen zu dürfen. Er war so nett, daß wir noch immer hoffen, ihn dereinst auf eben dieser Wiese notlanden zu sehen.

Ebenso unerwartet erschien einmal, vor vielen Jahren, vormittags um elf ein Gast an der Küchentür. Ich war dabei, zu Michaels Geburtstag eine Ente zu braten, die erste seit unserer Hochzeit, und gab mich diesem seltenen Vergnügen mit ganzer Kraft hin. Der alte Mann, der nach der Klinke tastete, legte den Kopf zurück, nahm seinen Rucksack ab und fragte mich, darin herumwühlend, ob ich ihm etwas Besteck abkaufen wolle, er brauche es nicht mehr. Seine Frau sei gestorben, während man ihm im Krankenhaus den halben Magen wegoperiert habe. Gebürtig sei er aus dem Banat, und zur Zeit lebe er in einem Flüchtlingslager in unserer Nähe. Bald zeigte sich, warum er die Küchentür gewählt hatte. Er hatte die andere nicht gesehen. Auf dem einen Auge war er gänzlich, auf dem anderen beinah blind. »An Schimmer hab' ich noch drauf«, sagte er, »an Schimmer.«

Da er es ja nicht sah, hielt ich meine Tränen nicht zurück. Ich führte ihn an unseren Verandatisch und gab ihm warme Milch, das einzige, was er augenblicklich vertrug, hörte mir seine sehr sachlich, ganz und gar nicht wehleidig vorgebrachte Lebensgeschichte an und ging zwischendurch in die Küche, um bitterlich weinend die Ente zu begießen. Verschwollen und mit roter Nase störte ich Michael bei seiner Arbeit, was nur in extremen Fällen geschieht. Michael weiß, daß ich an alten Bettlern entzweigehe, er war lang genug mit mir verheiratet und hat in dieser Beziehung einiges durchgemacht. Er warf einen Blick in mein Gesicht und einen zweiten auf die Veranda, stand auf und öffnete seinen Schrank. »Such dir was aus«, sagte er milde. Ich wählte zwei Unterhosen, Sokken, eine Strickjacke. Der Alte freute sich sehr. Er nestelte seinen Rucksack noch einmal auf; ich solle es ihm selber einpacken. Der Rucksack enthielt außer dem billigen Alpakka-Besteck nur ein Feldstühlchen, auf dem der Alte sich unterwegs auszuruhen pflegte. (Es erinnerte mich an das Gepäck des Mädchens in meinem Märchenbuch, das seine Brotrinde, ein Stühlchen und einen Knochen mitnahm, um auf den Glasberg zu steigen.) Ich lud den Alten ein, immer zu kommen, wenn er dazu Lust hätte. »Gern«, entgegnete er schlicht und voll Würde. »Die Bauern hier sind nämlich sehr, sehr hart.« Niemand wußte das besser als ich.

Wie selten gehen solche Geschichten gut aus. Diese ging gut aus. Er kam wieder, nicht aufdringlich, vielleicht einmal im Monat. Am meisten freute ihn unser selbstgebauter Tabak. Ich hielt es für einen infamen Mordversuch, einem Magenkranken so etwas zu geben, aber meine Männer waren darin anderer Meinung, und unser Gast zog jedesmal schon vor der Begrüßung schmunzelnd seine Pfeife aus der Tasche. Eines Tages erschien er in neuem Anzug, und in seinem Schlips stak eine hufeisenförmige Krawattennadel. Er wollte, sagte er, sich noch einmal für alles bedanken. Es ginge ihm jetzt besser, er hätte etwas ausbezahlt bekommen und zöge jetzt in ein warmes Zimmer ganz für sich allein. Es war zum Jauchzen. Als er den Hut schwenkte und Adieu sagte, stand ich nachher noch lange am Fenster und sah ihm nach, wie er, mit dem Stock tastend, auf dem Feldweg dahinrutschte. Die Möglichkeit, daß es Sanct Expeditus, unser Schutzpatron, in eigener Person gewesen war, der sich einmal inkognito bei uns hatte umschauen wollen, war nicht gänzlich von der Hand zu weisen. Er ist nie wieder erschienen. Doch wenn es sich um einen ganz normalen armen alten

Mann gehandelt haben sollte, so hatte er seine Funktion: In Frankreich bringen Bucklige und Blinde Glück. Vielleicht in Bayern auch? Da das Leben eines freien Schriftstellers aus glücklichen Zufällen besteht, können gar nicht genug Bucklige und Blinde kommen. Wir brauchen sie dringend.

Nicht so dringend brauchen wir jene Gäste, die glauben, dem guten Michael ein wenig auf die Sprünge helfen zu müssen. Sie sitzen kaum, da beginnen sie mit dem Satz: »Wissen Sie, ich habe da einen fabelhaften Stoff, der wäre etwas für Sie. Also ich gehe da neulich – es war am Dienstag, nein, es war ein Mittwoch – oder doch Dienstag, ich weiß nicht mehr, ist ja auch egal ...«

Wenn wir alles angehört haben und Michael die Augenbrauen höflich bewegt hat, um ein Lächeln anzudeuten, gehen die Gäste dazu über, ihn mit schamlosem Lob zu überschütten (ohne je ein Opus von ihm gelesen zu haben). Eine einzige richtig zitierte Stelle, eine einzige Szene, die ihnen wirklich gefallen hat, freuen den Autor mehr. Aber sie glauben ja immer, sie müßten eine literarhistorische Wertung von sich geben, in der das Wort »Stilelemente« vorkommt. Dann blicken sie sich rasch und verstohlen auf und unter dem Schreibtisch um, als vermuteten sie, er habe seine Muse im Papierkorb versteckt. Später folgen sie mir trotz meines sanften Protestes in die Küche und drücken mir beim Abspülen den Ellenbogen mit den Worten: »Wie herrlich muß es für Sie sein, Ihrem Gatten bei seiner schöpferischen Tätigkeit zu helfen!« Ich kann sie nicht einmal bitten, mir das Abtrocknen abzunehmen, denn zufällig sind gerade alle anständigen Handtücher in der Wäsche, und an der Tür hängen nur höchst provisorisch gesäumte Bettuchstücke, weil mir seit vierzehn Tagen »die schöpferische Tätigkeit meines Gatten« über den Kopf gewachsen ist.

Schon im zarten Alter mußte Dicki uns einen Teil der gastgeberischen Pflichten abnehmen, was ich nicht nur für bequem, sondern auch für erzieherisch hielt. (Er ging mit dem Ausruf: »O Gott, schon wieder eine Dame!« an seine Pflicht, was Papa königlich amüsierte, der bekannte, daß ähnliche Gefühle ihn nun rasche Zuflucht in seinem Atelier suchen ließen.) Dicki begleitete Besucher artig an den See, erklärte ihnen, wie die einzelnen Berge hießen, und wußte anzugeben, wieviel Leute heuer im Eis eingebrochen, beziehungsweise mit dem Segelboot umgekippt und ertrunken waren (auch er hatte schon gemerkt, wie viele Städter erst nach solchen Daten den See ernst nahmen), und verschaffte seiner Mutter so die Möglichkeit, inzwischen daheim ein wenig Kulisse zu schieben, ehe er an seine Hausaufgaben zurückkehrte. (Zeichnung einer Karte über rechtsrheinische Schweinemast oder dergleichen.)

Phantastische Nachtbesucher, wie sie zur Zeit

des amerikanischen Einmarsches vorkamen, sind selten geworden. Kuriosa aller Art kommen jedoch unserer einsamen Lage wegen noch immer vor. Wir sind ganz einfach das erste Haus nach einer langen leeren Strecke. So kommt denn ein Mann, der um etwas Brot für eine lahme Ente bittet, zuerst zu uns. Unser Telefon ist das nächstgelegene, wenn an heißen Tagen das heranströmende Volk des Nachbarn ganzes Vorratslager an Limonade ausgetrunken hat und das Auto kommen muß, um es wieder aufzufüllen. Und für ein weinendes Mädchen, das patschnaß und ohne Schuhe früh um sieben bei uns erscheint (der Bock stößt sie so, daß man nicht klären kann, ob sie hat ins Wasser gehen wollen oder nur sechs Kilometer durch den Regen gelaufen ist, weil sie sich mit jemand zerstritten hat), gilt, genau wie für alle anderen Besucher: erst mal eine Tasse Kaffee, der Rest findet sich dann schon.

Diese letztere Geste entfällt, wenn schlichtgekleidete Besucher – die man zunächst für Waschmaschinenvertreter hält – den Garten betreten und dem die Hecke schneidenden Michael unvermutet die Frage stellen, ob er schon einmal über das Leben nach dem Tode nachgedacht hätte. »Aber ich tue ja nichts anderes«, erwidert Michael ungerührt und schnipst weiter, während Ligusterzweiglein rechts und links von ihm hinunterregnen. Nur manchmal gelingt es, durch unerwartete Repliken

Angehörige fremder Sekten zum Verlassen unseres Anwesens zu bringen, ohne unhöflich werden zu müssen.

Doch ich kann der Besucher nicht gedenken, ohne daß mir ein Gast einfällt, der ähnlich wie Morgensterns Korff nicht wirklich vorhanden und doch überaus evident war. Er kam sozusagen beruflich ins Haus und beherrschte es monatelang. Es handelte sich um eine Chinesin namens Han Suyin, Autorin und Heldin eines Romans, den ich übersetzen sollte. Nie hat mich ein Gast derart mit Beschlag belegt. Schon die allerfrühesten Morgenstunden – unordentlich gekleidet – beschäftigte ich mich ausschließlich mit ihr. Es gab kein Kartoffelschälen, Stopfen oder Waschen, bei dem sie nicht neben mir gestanden hätte, und noch spät abends widmete ich mich ihr konzentriert an der Schreibmaschine. Papa (die Hand hinterm Ohr, um nichts zu verpassen) blieb dann neben mir, hörte sich ganze Absätze an, lobte, prüfte, verwarf, was ich nachzuempfinden und zu interpretieren mich abmühte. Die rätselhafte Chinesin schrieb zwar englisch, dachte aber chinesisch, sie saß mit uns zu Tisch, wurde uns allen vertraut, und da ich sie nicht persönlich fragen konnte, wie sie wohl dies und jenes gemeint habe, rang ich noch nachts im Traum mit ihr. Und wenn ich meinte, nun mein Äußerstes getan zu haben, dann schloß Michael sich mit der Dame in seinem Zimmer ein, und sie verfügte auch noch über seine Zeit. – Sie soll in irgendeiner exotischen Gegend leben, auf den Philippinen, glaube ich, und wird nie erfahren, daß sie so lange Gast in einem oberbayerischen Holzhaus gewesen ist.

Neulich waren Gäste von jener Sorte hier, die fast mehr Leben in die Bude bringen, als der Arbeit zuträglich. Als sie fortfuhren, meinten sie (und hätten mich, wäre ich zehn Jahre jünger, dabei mit dem Finger unters Kinn gefaßt): »Wer auf dem Land lebt, darf sich in der Einsamkeit nicht völlig abschließen ...« Ich habe das Gästebuch herausgeholt und darin geblättert. Zu einer solchen Mahnung besteht keinerlei Anlaß.

14. März

Die von Grund auf faulen Typen erkennt man daran, wie sie an das Planen von Reisen herangehen. Der Gedanke an Veränderung, an das Maschinengewehrfeuer neuer Eindrücke läßt mich tief aufseufzen. Ich bin schon müde, ehe ich den Koffer heruntergeholt habe. (Als ich vierzehn Jahre alt war, sagte eine Dame zu mir: Du intensives Kind, du intensives, wie wird's dir nur später ergehen ...)

Anders ist es mit einer Stadtfahrt, die überschaubar ist und über die hinweg man schon das Menü für übermorgen planen kann. Setzen wir sie für Mittwoch an, so stöhne ich ab Montag über das viele

Geld, das wir unnütz ausgeben werden, aber insgeheim bin ich begeistert. Michael geht abseits und ernsthaften Dingen nach, ich aber stürze mich sofort ins Gewühl. Man findet mich, wie ich in einem Ministerium entzückt mit dem Paternoster durch Boden und Keller fahre. Warenhausportiers haben Mühe, mich von der Rolltreppe zu vertreiben, von der aus ich solch schönen Überblick über die im Preis zurückgesetzten Charmeuse-Unterröcke habe. (Einer der wesentlichsten Vorteile eines Sommerhauses auf dem Land scheint darin zu bestehen, daß es seine Bewohner so erlebnisfreudig erhält.)

Die Städter haben ja keine Ahnung, wie gut sie es haben! Bei ihnen tragen die Besucher nicht den Schmutz direkt vom Garten ins Wohnzimmer, nein, sie treten ihn fein säuberlich im läuferbelegten Treppenhaus ab, und dort putzt die Portiersfrau (in manchen Häusern). Sie brauchen auch die Abfälle nicht durch regennasse Wiesen zur Kiesgrube zu karren; es kommen starke, freundliche Männer mit gigantischen Blechwagen und holen sie ab. Die Brötchen werden ins Haus geliefert (in manchen Häusern), der Milchmann klingelt unten auf der Straße vor dem Haus, damit man die paar Schritte zum Laden spart, und wenn man in dem einen Geschäft nicht zufrieden ist, so geht man einfach in ein anderes, ohne wie wir in Seeham dafür eine jahrelange Fehde austragen zu müssen.

Manchmal ist das Wetter derart, daß eine nächtliche Heimfahrt gegen die Grundgesetze jeder Lebensversicherung verstieße. Dann übernachten wir bei Freunden. Dort ziehe ich immer sofort die Rolläden des uns zugewiesenen Zimmers auf, um das Lichtermeer unter mir liegen zu sehen, wobei Michael und ich auf dem Fensterbrett lehnen, wie von Schwind oder Spitzweg gemalt. Den Wohnungsinhabern bedeutet das Lichtermeer nichts, sie wissen nicht, wie dunkel es draußen auf dem Lande ist, wo nur dann einmal ein Licht in der Nacht brennt, wenn irgendwo eine Kuh kalbt.

Die morgendliche Geräuschsymphonie, unter der die Wohnungsinhaber so leiden, finden Michael und ich sehr belustigend. Wir setzen uns im Bett auf und machen einander auf dieses oder jenes Detail aufmerksam. Der Raucherhusten des Herrn von nebenan, das türenschlagende, streitende Ehepaar im dritten Stock sind uns interessant. Wir hören sonst nur Hähne, Sturm und Traktoren. Das Frühstück bei unseren Gastgebern stärkt mich derart, daß ich mich zusammennehmen muß, um auf der Straße nicht zu singen. Ich freue mich über die gepflasterten Straßen, in denen man nicht mit den Absätzen einsinkt, die Läden, in denen es zu jeder Tageszeit heiße Brühe oder Würstchen gibt, und genieße die Tatsache, daß mich niemand kennt und ich nicht andauernd grüßen muß.

Jedesmal ermahnt mich Michael, der inzwischen

seine Mustermappe geistiger Erzeugnisse austrägt, mich nicht wieder so abzuhetzen, und jedesmal kann ich es wieder nicht lassen, rase von Warenhäusern zu Museen und Ausstellungen und von dort zu Leuten, die wir jahrelang nicht gesehen haben und denen ich im Zeitraffertempo alles Wissenswerte über uns und Dicki erzählen muß. Um mich auszuruhen, kann ich ja immer zwischendurch in ein Wochenschaukino gehen und mir Zeichentrickfilme ansehen, wobei ich der Schrecken der anderen Besucher bin, die in der Sitzreihe über meine inzwischen sehr angeschwollenen Einkaufstaschen stolpern. – Mit Wachstuchrollen und Gardinenstangen, mit durchweichenden Tüten und Sperrgut aller Art nimmt Michael mich wieder auf, und bis mindestens Holzkirchen erweist es sich, wieviel man erlebt, wenn man kurzzeitig nicht beieinander ist. – Dann schlafe ich ein, und meine Beschwingtheit hält auch im Schlaf an, während mir geheimnisvolle Unebenheiten auf der Autobahn den Kopf in Abständen nach hinten oder vorne reißen. Sie hält an, bis ich zu Hause vor meinem Ausgabenbuch sitze und abrechne.

16. März
Gestern sah ich morgens in den Spiegel und stellte erschrocken fest, daß ich anfange, meinem Paßfoto ähnlich zu sehen. Das Licht des nahenden Früh-

lings, reflektiert von spätem Schnee, hat vernichtende Folgen. – Wie sagte vor ein paar Jahren eine kleine Seehamerin der nicht-bäuerlichen Sphäre zu mir: »Mei, Frau Nadolny, Sie wenn Ihnen herrichten tat'n, Sie kunnten so guat ausschau'n.« Ein Pfeil mit Widerhaken, der noch immer im Fleisch sitzt. Es mußte also etwas geschehen.

Da gibt es in der Stadt einen Schönheitssalon, an dem ich oft vorbeigegangen war. Ich sagte zu dem ernsthaften Geschäften nachgehenden Michael etwas vage, ich hätte noch zu tun, und betrat ihn. (Sollte ich Bekannte treffen, so war ich entschlossen, nach Kauf einer teuren Creme zum Rückzug zu blasen und nicht dergleichen zu tun.) Ich traf niemanden, war aber doch so gehemmt wie seinerzeit, als man mich in einer neuen Schule anmeldete. Wer sagt schon gern zu einem weißgewandeten, reizenden Wesen, das einem entgegenkommt: »Ich fühle mich häßlich. Bitte machen Sie mich schön.« Als ich noch nach passenden Worten rang, erschienen mehr und immer mehr weibliche Angestellte aus mit neckischen Volants verkleideten Kabinentüren, die sich mit strengen, aufmerksamen Blicken um mich versammelten. Eine drehte mich mit der Miene eines Engels vom Jüngsten Gericht und einem »Gestatten Sie« zum Licht und murmelte dann mit einem Seitenblick zu den anderen Engeln: »Jaja, Hmhm.«

Ich wurde ganz klein und fühlte mich, als hätte

ich mich seit einem halben Jahr nicht mehr gewaschen. Demütig ließ ich mich in eine der weißgolden dekorierten Kabinen führen. Froh, den vielen Blicken zu entgehen, sank ich in den überdimensionalen Sessel, der seiner Konstruktion nach ebenso für eine Rachenmandeloperation oder eine Weisheitszahnextraktion geeignet gewesen wäre. Eine sinnreiche Vorrichtung ließ mich, nachdem man mir diverse Lätzchen umgebunden hatte, nach hinten umkippen. Nun fühlte ich mich als Patient. Von unten gesehen glichen sie weißgekleideten Krankenschwestern, um so mehr, als sie nun nur noch leise und liebevoll mit mir sprachen. Selbst flüsternd, wagte ich zu fragen, ob jemand in der Nähe schliefe. Nebenan sei Behandlung, wurde ich belehrt. Ich hatte es ja geahnt, daß Gesichtshaut geräuschempfindlich ist, außerdem war natürlich beim Ingangsetzen der Jungmühle irgendeine Zauberei dabei.

Zwei der strengen Engel in meiner Kabine raunten sich ein paar Fachausdrücke zu, dann näherte sich mir der eine mit einer Porzellanschale in der Hand. »So, gnädige Frau«, forderte er mich auf, »nun denken Sie einmal an etwas recht Angenehmes!« Ich erschrak fürchterlich, denn diese Formel war von jeher die Einleitung zu schmerzhaften Prozeduren gewesen. Doch nein, man klatschte mir nur mit einem breiten Anstreicherpinsel eine Art Gipsbrei ins Gesicht, und als ich nach einer

Weile wagte, ein Auge zu öffnen, sah ich im Spiegel einen jener Köpfe, die in Ateliers hinten an der Wand stehen, weil der Bildhauer die Lust verloren hat, daran weiterzuarbeiten. Ich war froh, daß man mir wenigstens die Nasenlöcher zum Atmen offengelassen hatte, und dachte an Angenehmes. Ich hatte viel Zeit dazu. Die weißgekleideten Engel waren fortgegangen, man hörte Flüstern und tiefes Aufseufzen aus der Nebenkabine. Langsam begannen Gipsbrocken auf das Lätzchen zu rieseln. Meine Betreuerin kam zurück, drehte mich entschlossen in meinem Stuhl vom Spiegel weg (wahrscheinlich um meine Nerven zu schonen) und begann mich mit heißen und kalten Frotteelappen zu restaurieren, wie ein kostbares Altarbild. Mein Gesicht wurde wieder beweglich. Ich grinste versuchsweise: es gab keine Risse mehr. Dann schaute ich gespannt in den Spiegel.

Abgesehen davon, daß ich ein bißchen rot, glänzend und verschwollen aussah, hatte ich dasselbe dumme Gesicht wie sonst auch. Ich nahm allen Mut zusammen. »Aber ich sehe ja aus wie immer«, sagte ich zu dem mir über die Schulter sehenden Engel, der augenscheinlich auch noch ein Lob wollte. »Wir haben Ihnen keine Effektmaske gemacht, gnädige Frau«, sagte dieses von der Natur begnadete Wesen. Ich wagte nicht zu sagen, ich hätte geglaubt, hier habe jede Maske Effekt. Vielleicht war ich ein hoffnungsloser Fall. Ich ging zur

Kasse und zahlte. Eine der anderen Türen öffnete sich, und es trat eine Dame heraus, die zweifellos ihr Geld umsonst hierher trug, und das gab mir wieder Haltung. Ja, noch mehr – lag es an den facettierten Spiegeln des Vorraums, ich gefiel mir, verglichen mit der Dame aus der Nebenkabine, eigentlich recht gut.

»Hast du alles erledigen können?« fragte Michael, der Ahnungslose, und dann: »Was strahlst du denn, hast du was Nettes erlebt?« – »Wie findest du, daß ich aussehe?« fragte ich, im Geiste noch immer auf dem facettierten Spiegel fußend. »Wieso, zeig mal!« Und dann nach einer kurzen Pause, vorsichtig: »Kenn' ich den Schal schon?«

24. März

Endlich hört der Winter doch auf. Die Natur, eben noch nur sichtbar, wird wieder riechbar, und das dort drüben am Waldrand ist gar kein Restchen Schnee, sondern ein Feldstein. Die Weidenbäume am Ufer haben abgerissene, geknickte Zweige und stehen da wie gerupfte Hühner, weil die Kleinen, die das Schulfräulein unbedingt mit den Kätzchen beglücken wollten, kein Messer besitzen. Straßen und Wege sind aufgeweicht, und Besucher betreten das Haus auf Zehenspitzen, damit das, was hinten am Absatz und im Inneren der Stollensohle klebt, erst später herunterfällt. Michael fängt an, sich mit seinen Autokarten zu beschäftigen, und betrachtet versunken diese und jene Strecke.

27. März
Der Junge war übers Wochenende zu Hause. Die Zeit war, wie immer, zu kurz. (Sein Vater äußerte Besorgnis, ob ich alle auf Vorrat gekochten Lieblingsspeisen in diesen Lieblingsgast hineinbekäme, ohne ihn nachts wecken zu müssen.) Der erste Tag, nachdem er abgereist ist, wird immer von zwei Erkenntnissen beherrscht: daß oft die sympathischsten und interessantesten Leute in der engeren Familie zu finden sind und auch, daß wir nie wieder ein Ganzes sein werden wie damals, als wir noch ein Schulkind daheim hatten. (Auch ein Puzzlespiel kann man noch legen, wenn es nicht mehr vollständig ist, muß aber auf die Schachtel schreiben: Wichtiger Stein fehlt!)

29. März
In einem Dorf hinter dem Steinpilzwald kam ich heute dazu, wie eine Familie von ihrem Zugochsen Abschied nahm. (Wieso hat er in diesem Traktor-Zeitalter bis heute überlebt?) Ein schnaufender Berg mit verbundenen Augen, ließ er sich widerstrebend die Rampe hinauf in den Viehwagen führen. Manchmal blieb er stehen und wandte den

blinden Kopf mit den triefenden Speichelfäden lauschend und witternd zu dem Mann neben sich. Der roch ihm vertraut, und so schien denn alles in Ordnung zu sein.

Die Bäuerin und ihre Tochter, die Arme in die Schürze gewickelt, sahen ihm durch den kahlen Obstanger nach. »Er war a recht a guats Viech«, lobte die Tochter und verstummte. Nach einer Pause setzte die Bäuerin hinzu: »Dös hat's gar nia net geb'n, daß ma amoi mit eahm steckablieb'n war.«

So sprachen sie dem verurteilten Helden die Laudatio, der mit der Binde vor den Augen der letzten Dunkelheit zustapfte.

4. April

Deutschland, ein Land, in dem der Spezialist fast etwas Heiliges ist, bringt naturgemäß viele Abarten von Spezial-Deutsch hervor. Im Korridor eines Krankenhauses zu hören: »Sind Sie der chronische Wurmfortsatz?« oder »Hast du den Kaiserschnitt auf sieben schon fertig?« ist ebensowenig ungewöhnlich wie beim Friseur Befehle folgender Art: »Vorstrecken zur Nackenkrause!« – »Frau Müller in Drei schon naßmachen!« Im Kasino eines Funkhauses sagt einer: »Ich bin heute lang und denke nicht daran, mich zu kürzen«, und ein anderer: »Mann, den Nationalrechtsaußen haben wir doch schon gestern verbraten.« Dies Letzte leitet schon zum Sport-Deutsch über. (»Mit eisenharten Schlägen trommelt der blonde Kölner seinen Gegner auf die Matte ... «, »Unverdient hoch mußte der FC ins Gras beißen.«) Nicht ganz so komisch ist das Werbedeutsch, obwohl Wortkonstruktionen wie »winterliches Reifenbewußtsein« ein Lacherfolg sein können, hinterläßt es einen faden Geschmack auf der Zunge, ähnlich wie Süßstoff. »Wie wundervoll du duftest ... « – »Wie samtzart ist deine Haut ... « – »Wie köstlich schmecken deine Margarinebrötchen ... «

Längst haben wir auch ein Zeitungsdeutsch, in das Wörter wie »Organklage ... «, »aufgewertete Altwitwe«, »wochenendnahe Unterbringung« und »militärisch verdünnte Zone« gehören. Der durchschnittlich gebildete Zeitungsleser versteht sie ja auch sofort. Mir, der durchschnittlich Unbefangenen, fallen sie noch auf.

8. April

Manchmal, wenn wir in der Stadt sind, lassen Michael und ich uns von einem lockenden Plakat überwältigen und gehen ins Theater. Da Michael immer pünktlich ist (man kann sich mit ihm am 8. April 1970 um vier Uhr morgens in Kairo verabreden, er wird auf die Minute da sein), gehören wir zu jenen Besuchern, denen die noch ziemlich untätige Garderobefrau ein Opernglas andrehen möchte. Erfahrungsgemäß sieht man damit ungefähr so gut wie durch die verkratzten Fernrohre auf Aussichtspunkten, in die man zehn Pfennig einwirft. Auch Programme gibt es, wenn wir kommen, noch im Überfluß, Hefte aus angenehm riechendem, steifem Papier, die außer dem einen Blatt mit den Namen der Darsteller nur Pelzreklamen und anderes Überflüssige enthalten und dafür etwa so viel kosten wie die Taschenausgabe eines Klassikers. Man kann sie später nicht mehr verwenden, sie brennen schlecht, und man kann auch die Schuhe nicht damit ausstopfen. Aus einer Art mißgeleitetem Pflichtgefühl trägt man sie, geknifft oder gerollt, noch bis nach Hause.

Im Foyer wird es jetzt schon voller. Vor den hohen Spiegeln drängen sich Damen mit Taschenkämmen, die sich gegenseitig kalt und abschätzig mustern, ohne auch nur das kleinste bißchen zu lächeln. Nur diejenigen, die einen Spiegel für sich allein haben und sich unbeobachtet glauben, ziehen die Oberlippe lang, die Brauen hoch und machen das Gesicht, das sie gerne hätten. Ich treffe diese Feststellungen allein, weil Michael in die zugige Vorhalle gegangen ist, um zu rauchen. Ein paar ganz starke, verinnerlichte Naturen finden Zeit, sich mit der Inhaltsangabe im Programm zu beschäftigen. Sie verpassen zwar dann die Dame in dem tollen Nerz, aber dafür wissen sie nachher bei der Aufführung, warum die Heldin aufschreiend in die Kulisse stürzt, oder verstehen – was bei einer Oper wichtig ist – wenigstens ungefähr, was sie singt.

Sitzt erst einmal ein Großteil des Publikums auf seinen Plätzen und die Kronleuchter verdunkeln sich langsam, so würde ich mich so gern einen Augenblick lang auf die Atmosphäre im mittelalterlichen Nürnberg oder am Hofe Richards III. einstellen. Ich bin empfindlich gestört, wenn sich zwei Damen hinter mir über ihre neue Wohnung unterhalten oder jemand in der achten Reihe nach vorne ruft: »Na, und die Anneliese ist jetzt Mama? Was ist es denn, Junge oder Mädel?«

Doch nun hebt sich der Vorhang, der Geruch nach Kulissenfarbe weht kalt von der Bühne und mischt sich mit dem Parfüm der Dame vor mir. Alles geht eine Weile gut, nur die allerersten Sätze gehen verloren, weil man sich rings um uns gegenseitig darüber aufklärt, daß diese Dame auf der Bühne die berühmte Soundso ist. (Die Versuchung ist groß, auch ich bin manchmal schon halb an Michaels Ohr, um ihm mitzuteilen, daß wir diese Schauspielerin schon einmal vor einem Jahr in einem anderen Stück gesehen haben.) Bei komischen Stücken fällt so mancher Witz unter den Tisch, weil einige nervöse Lacher die Pointe nicht abwarten können, ehe sie losprusten. Es sind die gleichen, die bei einem Drama übergenau registrieren und erregt raunen: »O Gott, jetzt kommt der Vater!« (Wir hatten es auch schon gemerkt.)

Ich sündige an einer ganz anderen Stelle. Hingerissen und ergriffen, vergesse ich gelegentlich, mein Täschchen festzuhalten, und sein Inhalt ergießt sich prasselnd auf den Boden.

Gestern war es im letzten Akt mucksmäuschenstill, der hustende Herr aus dem ersten Rang hatte entweder Pastillen gelutscht oder war nach Hause gegangen, und das Stück konnte stimmungsvoll zu Ende gehen. Leicht wie eine Schneeflockenwand senkte sich der Vorhang zwischen Realem und Vorgestelltem. Nun kam der anstrengendste Teil: der Applaus. Komisch, im täglichen Leben merke ich gar nicht, daß ich eine schlechte Atemtechnik habe, nur bei zwei Gelegenheiten fällt es mir auf: beim Weinen und beim Applaudieren. Ich laufe blau an und schaffe nichts Rechtes. Und gerade bei wohlverdientem Beifall möchte ich mich nicht schonen. So habe ich mir schon mehrere Paar Handschuhe an den Nähten aufgeklatscht und mir die Fingerknöchel an meinen Ringfassungen durchgeschlagen. Michael hält mit mir durch. Andere Herren klatschen kürzer. Sie haben noch einige leichtathletische Übungen an der Garderobe vor sich. Da man für gewöhnlich je einen Mann für die Außenhülle von etwa vier Personen dorthin entsendet, wankt der Arme unter einem Berg von Mänteln in Rumpfbeuge rückwärts über die Zehen der übrigen Wartenden und trägt dabei den Hut seiner Begleiterin zwischen den Zähnen. Michael und ich gehen in Mänteln manchmal noch in den Zuschauerraum zurück. Gestern erreichten wir den Anschluß an die noch immer klatschenden Unentwegten nicht mehr, genossen dafür das schöne, unheimliche Veröden, Erstarren, Erkalten des Theaterraumes, das ungenierte Gerufe und Gepolter auf der Bühne jenseits des eisernen Vorhangs. Wenn alle Lichter erloschen sind, kommt dann das Theatergespenst, gefolgt von einem schwarzen Pudel, durch die Gänge und Tunnels, Versenkungen und Logen, im Zylinder und mit weißem Plastron. (Ein bekannter Intendant ist ihm einmal begegnet.) Aber so lange konnten wir gestern nicht warten.

10. April

Beim Mensch-ärgere-dich-nicht habe ich immer verloren (auch bei Völkerball, Kricket, Tennis, aber da lag es an meiner Ungeschicklichkeit). »Unglück im Spiel ... «, spottete man. Ja, wenn Glück in der Liebe darin besteht, daß man sich niemals mit unerwiderten Gefühlen herumplagen, sich nie nach jemandem verzehren muß, der einen keines Blickes würdigt – dann habe ich immer Glück gehabt. Erst jetzt lerne ich, was es heißt, hinter einem Mann herzutelefonieren, ohne ihn sprechen zu können, schmerzerfüllt an ihn zu denken, beim Essen, ja schon morgens beim Zähneputzen (auch nachts gelegentlich), bei Nennung seines Namens zu erbleichen und einen beschleunigten Puls zu bekommen und jeden Tag mit dem einzigen Gedanken zu beginnen, ihn vielleicht heute doch zu erreichen.

Es ist mein Zahnarzt, der zur Zeit krankheitshalber nicht arbeitet.

12. April

Herr und Frau M. besitzen wundervolle Bildbände über Italien. Im Anschluß an ihre Reisen haben sie sie ein paarmal durchgeblättert. Die Zeit, sie Seite für Seite anzusehen, nahmen sie sich nicht. »Ja, da ungefähr haben wir gestanden. Etwas mehr rechts«, sagten sie, statt Proportionen und Maße, statt die Elemente der Landschaft noch einmal nachzustudieren, ihren Eindruck zu verbreitern und zu vertiefen.

Wie verwöhnt wir alle sind mit der Qualität des Abgebildeten und wie flüchtig und unachtsam wir damit umgehen! Hat Vater Goethe nicht seinen Sohn wieder und wieder klassische Bildwerke abzeichnen lassen, damit er sich einpräge, wie sie aussahen? Und erst lange danach durfte er nach Italien reisen.

19. April

Um meinetwillen versteckten die Eltern die Ostereier im Brannenburger Garten erst nach dem Frühstück, wenn der Tau aus dem Gras war und die Chance, daß der Dackel darüberkam, geringer. Im rosa Kleid mit weißen Plattstichpunkten, ein spezielles Osterkörbchen in der Hand (es lebt noch, ich habe jetzt Schlüssel drin), lief ich strahlend herum, suchte, schrie, sammelte und lutschte. Nur am Ostermorgen habe ich wohl wirklich gesehen, wo die Blumen standen, die Spalierbäume, die noch kahlen Rosenbüsche. Blieben wir des Wetters wegen in der Stadt, so gewann beim Eiersuchen die Wohnung ein neues Gesicht: Möbelvertiefungen, hölzerne Arabesken, bisher unbeachtete Vorsprünge, alle spielten mit. (»In den Schubladen gilt nicht, Mausi!«)

Erst als ich zehn Jahre alt war, wurde Ostern wieder russisch gefeiert, wie vor meiner Geburt. Ein bißchen unausgeschlafen und sehr feierlich gestimmt erschien man am nächtlichen Ostertisch. Die warmen flackernden Kerzen ließen die Ecken des Zimmers im Dunklen und gaben der teemützenförmigen Osterspeise, dem hohen Kuchen und den bunten Eiern geheimnisvollen Glanz. Selten habe ich meine Familie so geliebt wie in dem Augenblick, wo wir einander strahlend mit dem dreifachen Kuß und dem russischen ›Christ ist erstanden‹ begrüßten. Irgend etwas Finsteres war zu Ende, etwas begann neu. Meine Tante trug, nur für diesen einen Tag, eine Kette mit eiförmigen Halbedelsteinanhängern, die irgendwie mit dem bärenstarken Zaren Alexander III. zu tun hatte, wie, habe ich vergessen. Der Anblick dieser Kette gehörte genauso zum Fest wie das Geschmacksdurcheinander von Salz, Ei und mandelstrotzender Osterspeise auf dem Teller. (Ein Stückchen Eierschale war auch meist dabei, man sah nicht gut bei Kerzenlicht.)

Noch später, in Paris, nahmen mich meine russischen Cousinen (sie hatten hohe Backenknochen, messerrückenschmale Nasen und Brauen dort, wo andere sie sich mühsam hinschminken) mit in die Mitternachtsmesse der griechisch-orthodoxen Kathedrale. Ein paar Freunde, junge Franzosen in Trenchcoat und Baskenmütze, begleiteten uns und sahen verdutzt auf die goldfunkelnden Ikonen, die schlohweißen Wattehaare und -bärte der gekrönten Popen in Prachtgewändern. Rings um uns, von den Wachslichtern in ihren Händen beleuchtet und von einer Wolke herrlichen Gesangs zusammengehalten, sah man die seltsamsten Gestalten, in schäbig gewordene Eleganz gekleidet, die sich mit federleichtem Tippen auf die Brust bekreuzigten und vor deren nach innen gekehrtem Blick fabelhafte Ostern in einem fabelhaften, untergegangenen Rußland auftauchten, in das zurückzukehren sie noch immer hofften. Mitten im Dröhnen liturgischer Anrufungen flüsterte mir der eine Franzose ins Ohr: »Wann wird geküßt?« (Nur deshalb war er mitgegangen.) »Noch nicht«, raunte ich und bezog einen strengen Blick der ältesten Cousine, die meinte, der junge Mann wolle schon Vorschuß haben. Nun, er konnte nachher beim Osterfrühstück alles nachholen, was an Küssen unerledigt geblieben war. Es fand in einem schönen alten Haus statt, das einmal dem Sänger Schaljapin gehört hatte, in der Nähe des Triumphbogens. Die Köchin, seit nunmehr fünfzehn Jahren in Paris, konnte noch immer kein Wort Französisch. Sie hatte seinerzeit bei der Flucht die kleinen Jungen auf den Armen getragen und sah nun zu, wie wir die Nacht mit ihnen durchtanzten, bis das Raunen von Paris zugleich mit dem Licht anschwoll und der Morgen da war.

(Gestern habe ich diese nun schon so lange zurückliegende Osternacht einem alten Onkel farbenfroh geschildert. »Du mußt ein reizendes junges Mädchen gewesen sein«, meinte er. Der Ahnungslose. Ich war ein unerträglich unzufriedenes Ding, im Schwarm meiner Begierden und Ängste schaudernd wie ein Pferd, das Hornissen hört. Aber mache das einem rührenden alten Herrn klar!)

Unsere Holzform für die russische Osterspeise ist nun, nach sechzigjährigem Gebrauch, zum Brennholz eingegangen. Ich habe sie durch einen sauberen Blumentopf ersetzt. Im übrigen feiern wir Ostern wieder deutsch und suchen nach dem Frühstück im Garten, wenn der Tau aus dem Gras ist. (Hoffentlich bleibt das Wetter schön, damit der im Forsythienbusch versteckte Fontane nicht feucht wird!)

25. April

Ich habe in einer Attacke von Fernweh am Sparschwein gerüttelt. Wenn es noch etwas dumpfer klingt, fahren wir wieder für ein paar Tage nach Wien. Einstweilen lesen wir Stifters Betrachtungen über das Wien des Biedermeier. (Wer eine Stadt liebenswert findet, will alles von »früher« von ihr wissen, so wie man von einem Mann, in den man sich verliebt, unbedingt ein Kinderbild haben möchte.)

Da Michaels Stimme sich weniger zum Vorlesen als zum Brikettzählen eignet, lese ich vor, und er hört zu. Anderer Leute Gattinnen, jene starken, schweigsamen Naturen mit braunen Augen, stopfen statt dessen die einzumottenden Wintersocken und kommen an einem einzigen Abend auf den Grund des Flickkorbes. Außerdem ist gemeinsames Lesen im Zeitalter des Fernsehens ein derartiger Anachronismus, als säße ich am Spinnrocken und Michael schnitte Federkiele zurecht.

30. April

Unser armer Doktor, der nach jahrelangen Bemühungen die hiesigen Bauern endlich so weit erzogen hat, daß sie nicht mehr die Hämorrhoidalzäpfchen samt dem Silberpapier hinunterschlucken, muß jetzt gegen aus Lesezirkeln stammende medizinische Weisheiten ankämpfen. Und gestern sagt die alte Pfandlingerin vor seinem Haus zu mir, wie's ihr ginge, wisse sie nicht, weil sie den Zettel nicht mehr fände, auf dem sie sich's aufgeschrieben hätte. Sie litte, so glaubte sie, entweder an dispeptischer Arhythmie oder an arithmetischer Dispepsie. Beinahe listig fragte sie mich: »Was is'n schlimmer?«

2. Mai

Als Kind soll ich große, fremde Hunde angesprochen haben und in tiefes Wasser gesprungen, kurzum mutig gewesen sein. Heute bin ich recht feige, besonders da, wo es besser wäre, nicht auszugleichen, nicht zu begütigen, sondern zu seiner Überzeugung zu stehen. Denn wie es das Schicksal der Pünktlichen ist, auf die Unpünktlichen zu warten, so ist es das Schicksal der Höflichen, sich von den Unverschämten etwas bieten zu lassen.

Soeben lese ich in einer wissenschaftlichen Zeitschrift, daß infolge undurchschaubarer biologischer Umschichtungen für mich Aussicht besteht, als alte Frau wieder so mutig zu werden, wie ich es als Kind war. Die Jahre vergehen jetzt so schnell, daß der Tag abzusehen ist, an dem ich meinen Mitmenschen den Anblick meines bloßen Halses nicht mehr werde zumuten können (»In meinem Alter zieht man sich nicht mehr an, man bedeckt sich ...«), mich auf einen Stock mit Gummizwinge stütze und mutig bin. Ich werde dann nicht mehr aus Liebenswürdigkeit gegen Mitgäste, Gastgeber und Freunde (die in Wahrheit Schwäche ist) alles unwidersprochen hinnehmen. Keiner der jungen Dachse mit wabernder Frisur wird dann mehr in meiner Gegenwart Ansichten voller Unreife und Arroganz über das deutsche Kulturleben äußern dürfen, niemand mehr sagen dürfen, daß »man ja sähe, wie es mit der Demokratie hierzulande eben auch nicht ginge ...« oder daß »die deutsche Jugend noch schlechter sei als ihr Ruf ...« oder daß »es keine nennenswerte deutsche Gegenwartsliteratur mehr gäbe«. Ich werde mit dem Stock aufklopfen und mir derart subjektive Meinungen erlauben wie: »Solange mein Sohn und seine Freunde persönlich integer sind, dulde ich in dieser Hinsicht keine abfälligen Verallgemeinerungen, und solange mein Mann und seine Freunde schreiben, gibt es eine deutsche Gegenwartsliteratur!«

(Es bleibt zu hoffen, daß die biologische Umschichtung kein bissiges altes Original aus mir machen wird, sondern eines, bei dem man das mütterliche Grollen einer Adele Sandrock durchhört.)

3. Mai

Nicht, was man schwarz auf weiß besitzt, nur was man auswendig gelernt hat, kann man getrost nach Hause tragen, meinte Papa. Er hatte erfahren, wie oft das Schwarz-auf-Weiße bei Kriegen, Fluchten und Revolutionen verlorengeht. Als er seinerzeit bei seiner Tochter das Papageientalent des Nachsprechens entdeckte, pflegte und entwickelte er das Auswendiglernen bei ihr. Er hat mir damit ein Geschenk gemacht, das sich noch immer verzinst. Es ist von unschätzbarem Wert, wenn man sich früh um drei Uhr nach einer durchwachten Nacht, statt nach den heute üblichen Barbitursäurepräparaten zu greifen, den ebenso wirksamen Mörike vorsagen kann:

Ach sanfter Schlaf, obwohl dem Tod wie du
                                 nichts gleicht,
Komm, teilen wir dies Lager brüderlich.
So ohne Leben, oh wie lieblich lebt es sich,
So ohne Tod, wie stirbt es sich so leicht.

8. Mai

In die kleine Kreisstadt, die kein eigenes Theater hat, kommt gelegentlich eine Wanderbühne. Gestern spielte sie ›Kabale und Liebe‹, und die wilden Texte des jungen Schiller flossen schäumend von der Rampe, hinter der sonst eine Leinwand für Filme entrollt wird. Danach fand ich in der Garderobe eine siebzehnjährige Seehamerin bitterlich weinend. »So hör doch auf«, zischelte die Mutter, die sie am Arm hielt, »ja schämst du dich denn nicht?« und zu mir gewandt: »Sie hat halt nicht gemeint, daß das Stück so schlecht ausgeht.« Die liebe Kleine! Wie gern hätte ich sie, bei allem Respekt vor fremden Erziehungsmethoden, im Namen Schillers in die Arme genommen, der großen Wert darauf legte, daß man sich von Ergreifendem auch ergreifen ließe. Er wäre darüber, wer sich hier zu schämen hätte, wohl meiner Ansicht gewesen.

9. Mai

Nun wird ein Zusatzgerät zum Magnetophon angeboten, das zu den Farbdias der letzten Urlaubsreise nicht nur den Text spricht, sondern auch im rechten Augenblick die Dias wechselt. Der Hausherr macht nur noch die Gesichter dazu. (Mir ist das hilfloseste Gestotter, das auf mich persönlich zugeschnitten ist, lieber als diese tote Perfektion.) Warum verläßt man seine solchermaßen technisch bestens betreuten Gäste nicht gleich ganz und geht in die Eckkneipe auf ein Bier?

Schon werden die Weihnachtslieder nicht mehr gesungen (o rührend tremolierender Gesang, schartig gewordenen Bässe der Väter und Onkels, o Feierlichkeit, entstanden aus gemeinsamer Anstrengung!). Schon ertönt nach Trauungen blechern-plärrend die mechanische Wiedergabe des Mendelssohnschen Hochzeitsmarsches. Schon liest die Mutter den Kindern die Märchen nicht mehr vor, sondern stellt den Plattenspieler an, aus dem es unerhört geschult tönt. Und nun ist es soweit gekommen, daß man den irgendwann einmal nötig werdenden Vortrag über die Herkunft der kleinen Kinder nicht mehr selber hält, sondern auch hierzu die Nadel auf eine Platte setzt und mit glasig-roten Ohren das Zimmer verläßt. (Was tut man eigentlich draußen, außer sich genieren? Sokken waschen?) Ich bin mir klar, daß ich in Dingen des technischen Fortschrittes ein Fossil, ein übriggebliebener Brontosaurier bin, aber so kann doch der Schrei nach der Vollautomatisierung nicht gemeint sein!

10. Mai

Vor dem Ersten Weltkrieg, erzählte Mama, bekamen junge Mädchen zur Konfirmation Fünfjahres-Tagebücher, um durch einen Blick auf zurückliegende Eintragungen des gleichen Datums festzustellen, wie weit sie inzwischen seelisch gereift waren.

Hätte ich ein solches Buch, so müßte ich bei meinem Vergangenheitskult nicht erst so viele kleine Lederkalenderchen hervorkramen (sie liegen auf einem hohen Regal und fallen mir dabei immer auf den Kopf), um meiner geduldigen Familie mitzuteilen: »Heute vor fünf Jahren machten wir den Spaziergang zur Brücke. Damals war es schon viel wärmer.« Was sollen die Ärmsten darauf anderes erwidern als: »Soso« oder »Aha«. (Neuerdings bin ich mit den Kalendern gar nicht mehr recht zufrieden. Augenscheinlich als Terminübersicht für Manager gedacht, lassen sie für Sonnabend und Sonntag derart wenig Platz, daß ich mich an den beiden Tagen fast nichts mehr zu erleben traue.)

Das letzte Jahr über habe ich wirklich Tagebuch geführt, dies und jenes Datum durchs Vergrößerungsglas betrachtet, die Bilder deutlicher zu sehen versucht, so wie als Kind die schwebenden hellen Muster, die hinter den zugedrückten Lidern entstehen. Nun kehre ich zu den Stichworten zurück, deren Eintragung nicht länger dauert, als bis das allzu zierliche Bleistiftchen stumpf wird, das dem Lederbüchlein beigegeben ist. Und doch wird ein Blick auf so eine Eintragung genügen, und der Tag wird wieder da sein, »für immer aus dem Strom der Zeit gerettet, ans Trockene gezogen, eingedost, auf Hausfrauenart«. Und dort, wo eigentlich als Motto der kleine japanische Dreizeiler hingehörte: »O du Vergangenheit, entstanden aus langsam sich mehrenden Tagen«, da wird alles vorgedruckt sein mit Postgebühren, Flächenmaßen und Zinseszins. Das war auch bei früheren Kalenderchen nicht anders.

Heute stoße ich auf den Mai 1946. Was steht da? »Michael mit ergatterten Nägeln zurück. Dafür anderthalb Stunden nach Fleisch anstehen. Kohlen nur noch für ca. 14 Tage. Besuch bei Lily im Dunkeln, da unvermutet doch Stromsperre. Frau M. schenkte mir ein Päckchen Zimt. Es soll wieder Flaschengas geben, aber wo? Wir haben Großmamas Brosche schätzen lassen. Arme Mama, sie dachte immer, wir könnten damit einige Jahre überbrücken.«

Aus dieser nun sechzehn Jahre alten Notiz läßt sich nicht, wie damals bei den höheren Töchtern, ablesen, ob ich inzwischen seelisch gereift bin. Wohl aber läßt sich daran erkennen, wie aktuell das Quäkergebet ist: »Du, der du uns so vieles gegeben hast, gib uns noch eins dazu: ein dankbares Herz!«

ISABELLA NADOLNY

»Isabella Nadolny ist eine Moralistin der
Lebensweisheit, eine Herzdame der Literatur.«

Albert von Schirnding

Providence und Zurück
Roman.
176 Seiten, gebunden.

Ein Baum wächst übers Dach
Roman.
336 Seiten, gebunden.

Vergangen wie ein Rauch
Geschichte einer Familie.
288 Seiten, gebunden.

LIST

Isabella Nadolny
im dtv

Ein Baum wächst übers Dach

Ein Sommerhaus an einem der oberbayrischen Seen zu besitzen – wer würde nicht davon träumen? Für die Familie der jungen Isabella wurde dieser Traum in den dreißiger Jahren wahr. Doch wer hätte zum Zeitpunkt der Planung und des Baus daran gedacht, daß dieses kleine Holzhäuschen, »das so unvollkommen war und so liebenswert wie alle Träume, deren Erfüllung man sich anders vorgestellt hat«, eines Tages eine schicksalhafte Rolle im Leben seiner Besitzer spielen würde? dtv 1531

Seehamer Tagebuch

Heiter-ironisch erzählt die Autorin in diesem unkonventionellen Tagebuch vom Einzug des ersten Fernsehers in die ländliche Idylle des Seehamer Holzhäuschen, von einer Mittelmeerkreuzfahrt, von Putzfrauen und Handwerkern. Erinnerungen an den Vater werden lebendig, an frühere Festlichkeiten, an das erste Auto, an den Erwerb des Führerscheins, an Haustiere, an viele kleine Begebenheiten und Erlebnisse. dtv 1665

Vergangen wie ein Rauch
Geschichte einer Familie

Als einfacher Handwerker aus dem Rheinland ist er einst zu Fuß nach Rußland gewandert und hat es dort zum Tuchfabrikanten gebracht, in dessen Haus Großfürsten und Handelsherren, der deutsche Kaiser und der russische Zar zu Gast waren: Napoleon Peltzer, der Urgroßvater des Kindes, das ahnungslos die Portraits und Fotografien betrachtet, die in der Wohnung in München hängen. »Vergangen wie ein Rauch« sind die Zeiten, doch die Erinnerungen der Noch-Lebenden sind wach, und das Kind lauscht ihren Erzählungen. – Eine anderthalb Jahrhunderte umfassende Familiengeschichte.
dtv 10133

Durch fremde Fenster
Bilder und Begegnungen

Treffsicher und liebevoll schildert Isabella Nadolny Menschen, denen sie begegnete und die sie bewundert. »Alltägliche Leute? Sie sind alle etwas Besonderes, denn sie haben ihre Merkwürdigkeiten und ihre Schicksale – man braucht nur hinzuschauen und hinzuhören, so wie es Isabella Nadolny mit Anmut und Empfindsamkeit hier tut.« (Frankfurter Allgemeine Zeitung)
dtv 11159